五木寛之

健康という病

GS
幻冬舎新書
479

はじめに

健康がストレスになる時代がきた

いま日本列島に〈健康という病(やまい)〉が蔓延(まんえん)しつつある。

〈健康という病〉。それを私は〈健康病〉とよぶ。もちろんそういう病名はない。

しかし、このところこの国に広がっているのは、前代未聞のこの病気ではないだろうか。私の場合、目を覚ますとまず頭をよぎるのは、はたして昨夜、十分な睡眠がとれただろうか、という不安だ。

〈睡眠負債〉という言葉が頭にうかぶ。昨夜はトイレに3度起きている。OEC

Dのデータでは、日本人の睡眠は29カ国で韓国に次いで2番目に少ないとかいうではないか。また私には睡眠中に呼吸がとまる傾向があるらしい。睡眠時無呼吸症候群とかいうやつだ。ほうっておくと日中、交通事故の原因となったり、高血圧、心筋梗塞（こうそく）、脳卒中になりやすいなど、いろいろ問題があるという。

私が信頼している医学者の一人に安保徹（あぼとおる）さんというかたがいらっしゃる。『未来免疫学』『医療が病いをつくる』などの著書のある医師で、新潮選書の『こうすれば病気は治る―心とからだの免疫学』は、長く版を重ねている。

しかし、安保さんは、〈片寝は良くない〉と言われる。なるべく〈仰向（あおむ）けに寝る〉ことをすすめて、こう書いておられるのだ。

〈(前略) 仰向け寝には、口呼吸になりにくいという利点もある。横向きで寝ると口で呼吸しがちになる。口呼吸は、扁桃腺を刺激して免疫系を乱すので危険だ。(後略)〉

たまたま見たのだが、先日のＮＨＫの健康番組では、横向けに寝ることをしきりに推奨していた。しかも睡眠中に20回以上、寝返りを打つことが大事という話だった。

私は戦後七十数年、ずっと横向けに寝てきた。私の学生時代の体験では、仰向けに天井を向いて眠っている仲間に、大きく口をあけて豪快ないびきをかく連中が多かった。

健康とは関係のない話だが、インドで見たブッダの寝像も横向きだったと思う。ブッダは80歳まで生き、ガンジス河をこえて旅をした。当時のインドの平均寿命がどれくらいかは知らないが、おそらく現在からでは想像もつかないくらいの短かさだっただろう。医療も行きとどかず、生活環境も劣悪なものだったはずだ。その状況のなかでの80歳というのは、まさに信じられない長寿というべきではあるまいか。

睡眠時間や寝る姿勢も問題だが、大事なのは眠りの質だという。睡眠に関する本は無数にあって、レム睡眠だとかノンレム睡眠だとか、気になることが様々に解説してある。読めば読むほど自分の睡眠に不安をおぼえずにはいられない。困ったものだ。

氾濫する健康情報の中で

60歳を過ぎた頃から、小便の勢いがなくなってきた。トイレの朝顔を前にシャーッと盛大に放尿する快感が失われてきたのである。

今ではマナー違反だろうが、私の若い頃には、立ちションは青少年男子の歓びの一つだった。野外で堂々と放物線を描いて小便を飛ばす。雪の降った日など、白い雪の上にレモン色の線條がくっきりと描かれる。冬の青空、寒気、湯気をあげてほとばしる新鮮な尿(?)。

加齢とともに、それが活気を失ってくる。スタートに時間がかかったり、勢いが弱かったり、切れが悪かったりと、われながら情けない現象がおこってくるのだ。

70歳を過ぎると、夜中に何度もトイレに起きたりもする。テレビや新聞・雑誌などで紹介される頻尿の広告が、いやに目につくのもその時期だ。くわえて健康情報の氾濫(はんらん)がひどい。前立腺の肥大は加齢現象でしかたがないが、最近、にわかに前立腺がんの死亡率が増えてきているなどという。胃がんや肺がんで死ぬのはしかたがないが、前立腺がんで世を去るというのがなんとなく気がすすまないのは男の見栄だろうか。

朝(といっても私の場合は夕方だが)、起きあがって洗面所で歯をみがく。専門家の話では、ただ漫然と歯ブラシで歯の表面をこすっているだけでは駄目らしい。私の知人に、7本も8本もいろんな種類の歯ブラシや、その他の器具を用意していて、朝の歯磨きに20〜30分もかける男性がいる。

昔は歯磨きというのは、口中を清潔にするとか、歯を綺麗に保つとか、歯だけのケアと考えられていた。だが最近はそうではない。

歯周病は万病のもとで、全身に影響がおよぶというのが最近では常識になってきた。糖尿病にも大きな影響をおよぼすし、動脈硬化など脳や心臓などの循環器系疾患の原因ともなるという。

また日本人の死亡原因の第3位となった肺炎の原因ともなる誤嚥性肺炎にも関係があるらしい。要するに歯の疾患は、単に歯だけの問題ではないというわけだ。

そうなると、ただ漫然と義務的に歯ブラシを動かしているだけでは駄目、ということになってくる。月に一回ほど定期的に歯科の専門医に見てもらえ、といわれるのだが、現実には無理な話だ。しかも、抜かなくてもいい歯を抜いたり、高額のインプラント治療をやたらすすめる歯科医院もあるから気をつけろ、などとやたら親切な医療情報もある。

そんな記事やテレビの特集を見ていると、これまで自分の歯をなんとおろそかに扱ってきたかを反省させられる。しかし、もうおそいのだ。その事が重く心にのしかかる。これも健康ストレスの一つだろう。

何をどう食べるかだけでも説はいろいろ

小学館から出ている健康関連本のなかに〈片寄斗史子（かたよせとしこ）聞き書きシリーズ〉という一連の出版物がある。

片寄さんは私が信頼するベテラン編集者で、このシリーズも良心的な健康本として愛読してきた。

その中に『膝、復活』という一冊がある。巽一郎さんという整形外科の専門医で、湘南鎌倉総合病院の人工膝関節センター長をされているかたのお話しをまとめたもので、このシリーズのなかでも特に読みごたえのある良書である。

なによりも私が巽医師の言葉に共感したのは、手術の専門家でありながらできるだけ手術をしないように治療する、という姿勢だった。専門家はだれでも自分の得意分野で勝負したいものだ。にもかかわらず、患者が自主的に行う保存療法をすすめる姿勢に深く共感したのである。

数年前から左脚の痛みと歩行困難に悩まされてきた私は早速、巽医師がすすめる3つの療法、減量、歩行、筋肉運動にとりかかろうとしたが、体重はもう2、3キロ欲しいというくらいで問題はない。大腿四頭筋の鍛錬のほうは二日と続かなかった。いまは辛うじて残された正しい歩行だけを実践中である。

そんな巽医師の発言で、おや、と思ったのは、「絶食のすすめ」というくだりである。肉と砂糖は排除、という意見はともかくとして、「週に一日だけの絶食」を推奨されていることだ。さまざまな体験や実例から、それをすすめておられるのである。

「食べない」ことに関しては私も昔から同じ意見なので、我が意をえたりという感じだった。しかし、この〈絶食〉〈断食〉に関しては、断乎反対する専門家がいることも事実である。

〈絶食だけはやめなさい〉という意見を述べている専門家の文章を読んで、なるほど、と思うこともあった。しかし、私はもともと少食なたちなので、仕事をしているうちに、つい一日中なにも口にしなかった、などということが度々ある。いずれにせよ、専門家の意見にもいろいろあると思えばまちがいない。要するに問題は、そういう発言に触れて、きのうは東、きょうは西といった座標の定まらない暮らしぶりが問題なのだ。

健康情報の氾濫は、かつてなかったほどの勢いで現在の私たちを押し流そうとしている。そのなかで、どこに自分の座標軸をおくべきだろうか。そこが問題だ。人間とは、食べる動物である。私たちは食べなければ生きていけない。もちろん人工栄養で生命を維持する例もあるが、それでは本当の意味で生きて、い、る、ことにはならないだろう。

何を、どう食べるか。現代人にとってそれは日々の営みであるだけに重要だ。生命を維持するだけでなく、食は健康を左右する。「医食同源」という言葉は、そのことをさす。

私たちの食物に関する常識は、最近ことごとくくつがえされつつある。子供の頃からそう教えられ、常識として身につけてきた知識が次々とひっくり返されているのだ。

たとえば果物。

「一日一箇のリンゴは医者知らず」

そんな言葉が私の頭の中には子供の頃から刷りこまれていた。朝晩1箇ずつリンゴを食べる生活を続ければ、さぞかし健康な暮らしを送ることができるだろうと思っていたのだ。しかし、『カロリー制限の大罪』（山田悟著／幻冬舎新書）を読めば、「太りやすいかどうかという観点だけで言うと、果糖は砂糖やお米よりも危険です」とある。そして「ミカンだったら1個、リンゴは3分の1個から4分の1個ほど」が適当だと書かれている。

ミカン1箇！

私の郷里は九州の筑後地方で、両親の生家は共にミカンとお茶の栽培農家だった。ミカンは一年を通じて、いやになるほど食べていた。

昔はコタツを囲んでミカンを食べるときには、それこそ10箇以下ということはなかった。ミカンをうんと食べれば、ビタミンCを沢山とれるというイメージもあったのである。

山田さんの理論は整然として、科学的であると同時に体験を踏まえているのでうなずけるところが多い。それでも一読、へえ、とびっくりするような説もある。たとえば白米と玄米。

私たちは無意識に玄米のほうが断然、健康的と感じている。知らず知らずそう思いこんでいるのである。しかし、こと血糖の上昇に関していえば、「白米と玄米とで血糖の上昇しやすさの相違は五十歩百歩ですらない」という。

むしろ玄米のほうが血糖が上昇しやすい、という研究もあるのだそうだ。

甘味については、私は化学的な人工甘味料は絶対に有害だと考えていた。しかし、我が国で多く使われているエリスリトールは、規制のきびしいアメリカ食品医薬品局FDA、欧州医薬品庁EMAともに、極めて安全な食品とされているという。

こういった新しい情報に接するたびに、ただ驚いて右往左往するばかりの毎日なのだ。

健康不安も立派なストレス

がん発生の主なる原因は、ストレスであるという。がんについて本当のところは、まだ100パーセント明確にわかっていないのだ。さまざまな科学的、医学的推論はなされていても、完全に解明されているわけではない。すべては証明できると胸を張る医師がいたとしたら、それは傲慢というものだろう。

一説では、がんはすでに20年も前に発生しているという。初期の検査で早期発見を、という掛け声がかまびすしいが、現在の技術で発見されたときは、すでにたっぷり時間をかけて相当に発育したがんになっているというのである。

もし、そうだとすれば、いま現在の生活習慣を多少変えたところで意味がないのでは、と質問したら、いや、そうではない、という答えが返ってきた。

がんは日々発生し、生まれては消えていく。その中で悪性でエネルギーのある根性者のがん細胞が大きく育つのだから、治療によってその過程をおくらせたり、消滅させたりすることも可能なのだ、と、自信たっぷりの説明だった。

それでは生まれかつ消えたり残ったりするがんを、どうすれば顕在化せずにすむのか。

「ストレスです。がんの原因にストレスが大きく影響していることは証明されています」

なるほど。

では、私たちはストレスを抱えない生活をすればいいわけだ。しかし、そんな人生なんてあるわけがないではないか。学生は受験のストレス、青年期のストレスを山のように抱えて暮している。友人とのこと、家庭のこと、学業のこと、恋愛のこと、エトセトラ、エトセトラ。就活も大きなストレスだ。

就職すればしたで、仕事はストレスの塊である。非正規社員ともなれば、そのストレスは倍加する。家庭もまたストレスの山だ。ちがう人間が一緒に暮すことがストレスでなくてなんだろう。世の中を見回す。東アジアをめぐる国際政治を眺めて、不安をおぼえぬ者はいないだろう。もしや戦争？　というストレスは、ミサイル飛来の警報のサイレンで倍加する。ＡＩ時代は職場にどういう影響をおよぼすのか。神戸製鋼、東芝、日産、東レと、超一流企業に勤めていても絶対の信頼はない。老後は？　年金は？　そしてがんをはじめとする健康上の不安。ストレスを抱えた自分は、いつかがんを発症するのではないか。どうすればストレスのない生活が築けるのか。

こうして健康への不安がストレスをもたらし、その悪循環の泥沼のなかでもがき続ける日々が続くのである。

そのストレスをさらに加速させるのが、メディアにあふれる健康情報だ。テレビや新聞、雑誌などでその手の情報に接するたびに、私たちの不安は増大し、ストレスは倍加する。〈健康という病〉の原因の一つが氾濫する健康情報だ。それとどう向きあい、どのように生活に役立てていけばいいか。それを自分の問題として考えてみたい。

健康という病　目次

はじめに

「健康でありたい病」の私たち

健康情報とどうつき合うか

養生するか、病院頼みか

「身体語」を聴くということ

健康寿命と老いについて

「健康でありたい病」の私たち

日本列島を覆う「健康という病」

私は自分の健康に関しては、かなり無頓着（むとんじゃく）なほうだ。無頓着というより非常識といったほうがいいかもしれない。

私はこれまで健康診断とか検査とかいうものを、戦後70年いちども受けたことがなかった。また、歯科以外の病院を訪れたのは、今年の春が初体験である。左脚が痛くなって、やむをえずレントゲンを撮ってもらったのだ。

外地で敗戦をむかえて、命からがら引揚げてきて以来、はじめて敵の軍門にくだった感じだった。いや、病院を敵などと言ってはいけない。病める者にとって、病院は希望の城であり医師は心強い味方ではないか。

それがわかっていながら、私は今年までかたくなに病院にいくことを拒んできた。自分の体は自分で面倒をみる、と若い頃からわけもなく決意してきていたからである。

そんなことができるはずがないと誰もが思うだろう。不意の虫垂炎に見舞われたらどうするか。もし交通事故で大怪我をしたら、いやでも病院のお世話になるしかないのだ。それだけではない。世の中には〈万病〉といわれるほど様々な病気や疾病があふれているではないか。

好きで病院に通う人はいないだろう。しかし、私は可能な限り医師のお世話にはならない、となぜか昔から決めていた。

そして、奇蹟的に厄介な事態に見舞われることなく今日まできた。それはまさしく例外的な幸運である。

しかし、100分の1、いや1000分の1くらいは、その幸運の車輪を押す手伝いを自分でしてきた、という気持ちがあることも事実である。

努力すれば健康でいられる、ということはない。しかし、自分の体のことを大事に考えることなしに健康はない。私はおそろしく不健康な生活を続けながら、いつも健康について気をつかってきた。いや、不健康な生活をしているがゆえに健康を願ってきたと言うべきだろう。

ところが85歳の今になって、あらためて大きな問題に直面することになったのだ。

それが〈健康という病〉である。くり返し書いてきたが、いま、この〈健康という病〉が日本列島に蔓延（まんえん）しているのではないかと思わずにはいられないのだ。〈健康病〉という言葉はない。しかし、そうとしかいいようのない現象が、いま確実に発生している。そしてその病は、さらに勢いを増しつつあるようだ。健康についても、医学に関しても、栄養学についても、全くの門外漢である私が実感するのはその恐るべき現象なのである。

風呂にもおちおち入れない

私のひそかな趣味のひとつは、入浴である。入浴というとバスタブにつかり、体を洗ったり髪を洗ったりすることを想像されるだろうが、私の場合はそうではない。

ややぬる目の湯に、体を浸してぼんやりしているだけである。ときには週刊誌や文庫本などを持ちこんで読みふけることもある。私の蔵書がどれもぼってりと分厚いのは、紙が湿気を吸ったり、居眠りして湯に落したりするせいだ。

バスタブの中で、みかんを食べたり、牛乳を飲んだりもする。ときには危険なことだが居眠りもする。体は洗わない。髪はもちろんだ。

一回の入浴が30分以下ということはない。しかも一日に何度も湯につかるので、ベッドの中にいる時間と湯につかっている時間を合計すれば、一日の半分くらいにはなりそうだ。

私の入浴は清潔をたもつためでもなく、疲労回復のためでもない。体はほとんど洗わないし、長時間、湯につかるというのは、それだけで相当な運動なのである。

では、何のための入浴か。要するに魚のように湯に体を浮かせているのが気持ちがいいからだ。趣味で湯につかっているのである。

ところが先日、『日刊ゲンダイ』の紙面の一ページをほとんど使って大きな記事が出ていた。〈我が家のお風呂場・トイレで死なない方法〉という7段抜きの大見出しである。〈40代以降は要注意〉というサブタイトルがそえてある。要するに、浴室やトイレは危険がいっぱい、という特集だ。

それによると、2015年に風呂場で死亡した人数は、年間1万9000人にのぼるという。交通事故のニュースは毎日のように報じられるが、驚いたことに、これは交通事故死者の約４倍にあたるというのだ。

日本法医学会の調査によると、浴室での死亡は10月下旬あたりから増えはじめ、12月、１月にピークに達するという。

これは大変だ。いま、まさにその危険なシーズンを迎えようとしているではないか。

ことに高齢者があぶないらしい。入浴中の死亡原因は、虚血性心疾患が主で、〈ヒート・ショック〉と呼ばれるタイプのものらしい。

冬の風呂場で亡くなる人の９割が65歳以上の高齢者だという。季節といい、年齢といい、まさに私の場合はデンジャラス・ゾーンではないか。浴槽から出るときは、「手すりや浴槽のヘリを持ってゆっくり立ち上る。この場合は頭を心臓と同じ高さにまで下げることで血圧の低下を防ぐことができる」というのだから大変だ。

ヘルシー情報は増える一方

『日刊ゲンダイ』というのは、創刊時からずっと一貫して傾向的な夕刊だった。たとえば政治だけでなく、すべてにわたって反体制、反権力という片寄りがある。むかし巨人が圧倒的に強かった時代には、連日のようにジャイアンツ批判をくり返していた。スポーツ面では競馬とゴルフ、社会面は風俗情報に強い。政治と芸能、そしてエロとギャンブルというのがこのタブロイド紙の本領だろう。

風俗の世界を上品に表現すると、「ヘルス」という。ゲンダイは〈ヘルス情報〉に関しては断然、他紙の追随を許さない。しかし、このところ〈ヘルス情報〉とともに〈ヘルシー情報〉が大きなウエイトを占めるようになってきた。

この数日間のページをめくってみよう。(順不同)

〈潰瘍性大腸炎・初の簡便診断キット発売〉メサラジンという5-ASA製剤の解説につづき、カルプロテクチン濃度を検査する新しい試薬キットについての特集記事である。

その横が〈聖路加国際病院の医療経費〉に関する記事。下段は〈医者も知らない医学の新常識〉。がん幹細胞研究でがんは怖くなくなる？　という連載コラムだ。

この3つで15面全体のページを占めている。

続いて別の日は最近にわかに問題になっている合剤(配合剤)がテーマ。〈「合剤」が向く人と向かない人〉。合剤というのは、数種類の薬の成分をひとまとめにしたもので、病院で数多くの薬を出しすぎるという批判の中から生まれた薬品であるらしい。5種類、6種類の薬の束をもらって、これをぜんぶ飲まなきゃならんのかとユーウツになる患者さんが多かった。1、2種類だけ飲んで後は捨てる人も少くないという。そこで合剤が登場するわけだが、たとえば病状が目まぐるしく変る病人には向かず、もっぱら慢性疾患用の新薬らしい。安易にとびつくべきでない、と警鐘を鳴らしている記事である。

その横が〈健康寿命を延ばす・中高年の正しい運動〉。下段のコラムは認知症についてのアドバイス〈これで「物忘れ」は怖くない〉。

左端の新刊紹介は『体内の「炎症」を抑えると、病気にならない！』（三笠書房刊）。

そのほかのテーマにも、〈足底腱膜炎の難治例に体外衝撃波が効く〉とか、〈白内障手術で知っておくべきポイント〉とか、〈ピロリ菌・検診・除菌受けるべきか〉とか、連日、ヘルス情報がかすんでしまうほどのヘルシー情報の大氾濫である。

だれもが振り回されている

ヘルス情報からヘルシー情報へ。

この怒濤（どとう）のような健康情報の物量は、最近ほとんど全ニュースの中心となった感がある。

しかも、その内容の多様性はあきれるくらいのものだ。正反対の意見が堂々と報道されているのだからすごい。

これは最近、話題の〈フェイク・ニュース〉ではない。むしろこの傾向は〈オーバー・ニュース〉と呼ぶのがふさわしいのではないか。〈オーバー・ニュース〉とは、意図的な偽報〈フェイク〉ではない。

〈フェイク〉とはなんらかの作意をもって為にする事実の歪曲ではないのである。

って嘘のニュースをでっちあげることだ。根も葉もないデマであっても、ひとたび情報の海に放たれれば一定の影響を世の中におよぼす。

〈オーバー・ニュース〉とは、小さな事実を拡大誇張して大量に報道することだ。根はちゃんとある。葉もないわけではない。しかも、小さな事実をとりあげて、大きく報道することでかなりの影響力をもつ。必ずしもフェイクではないのである。訳すれば「過剰報道」ということにでもなろうか。まったくのでっちあげでないために、それに接する人はなるほどと思う。そして不安になり、頭に刷り込まれた知識が日常生活を支配するようになる。

気にしていなくても無意識に反応するのが刷り込みだ。学問的、理論的な知識はなかなか頭にはいらないが、テレビや新聞・週刊誌などの興味本位の健康記事は、いつのまにか私たちの心理に食い込んできて、なかなか離れない。

先日もカフェで女子高校生らしきグループが大声で話をしていた。

「トマトって、体に悪いんだって」

「エッ、ウソー」

「本当だよ。今朝、テレビでやってたもん」

「へえー。だったら本当かも」

テレビでやってた、ということが真実であるわけではないが、一般人の心理とはそういうものなのだ。

「やっぱりちゃんとお米食べないと腸が腐るんだって。炭水化物制限やめよーっと」

「炭水化物はいいんだよ。要するに糖質をとらないことが大事なんだよ」

などと大声でしゃべりながらドーナツをパクパク食べている。

高校生から高齢者まで、日々の暮らしの中でマスコミの健康情報に振り回されている人々が驚くほど多い。私自身もその一人だ。立つときは頭を低くし、寝るときは口呼吸をさけるように気をつける。これも一種の健康病なのである。

正しい生活はできているのか？　という不安

目を覚ますと、すぐに時計を見る人がいる。昨夜、何時間眠れたかが気になるのだ。

睡眠時間は3、4時間でよい、という情報もある。要するに良質の睡眠がとれたかどうかが問題だという。それはそうだろうが、自分の睡眠がはたして良質であるかどうかは、なかなか判別しにくい。どこまでがいわゆるレム睡眠で、どこからがノンレム睡眠だったのか、自分でははっきりしないのだ。9時間寝てもなんとなく頭がぼんやりしている時もあり、2、3時間の睡眠でも気分がシャキッとしている時がある。

私の場合は、ほとんど無茶苦茶だ。昨日もベッドにはいったのは午前7時過ぎだった。それで目を覚ましたのは午後3時。

ときには一睡もせずに仕事に出かけることもある。

先月は日帰りで金沢へ3度も出かけた。午前中の新幹線に乗るためには、早起き（？）しなければならない。ほとんど2、3時間の睡眠しかとれなかったのだが、それでもなんとかなった。

逆に10時間以上も寝ていることもある。要するに規則正しい生活、リズムのある暮らしとは百パーセント反対の日々なのだ。

こんな生活をこれまで50年以上ずっと続けてきたのだから、われながら呆れるしかない。

毎日、朝日をちゃんと浴びる必要がある、などと書いてある本を読んでも、どこか違う世界の話だろうと思うだけだ。しかし、いわゆる専門家の意見で、早寝早起きをすすめていない例はない。どれほど革新的な意見を述べる人にしても、がっくりくるのは早寝早起き必ずしも不要、と説く論者が一人もいないことだ。これでは何か、世の中に悪いことをして生きているような不安をおぼえずにはいられないではないか。

睡眠薬は絶対に駄目、という医学者は多い。習慣性があるし、認知症の原因になると断言する専門家もいる。しかし一方で、睡眠薬と上手につき合うのが高齢者の健康のコツ、と説く医師もいるから混乱する。また、ふつうの医院ならごく自然に睡眠薬のたぐいを出してくれるところも少くないようだ。もしも本当に健康に悪いのなら、法律で禁止すべきではないのか。上手につき合うことが正しいという立場で一般に公認されているのだろう。

しかし薬と上手につき合う、これがまた難しい。最近、合剤などがやたらと出るのは、たぶん7種類も8種類もの薬を平然と出す医療に対する、人びとの不安を、なだめるためなのかもしれないと思ってしまう。一体、どうなっているのだろう。

願うは健康のことばかり

かつて「健康は命より大事」というジョークがあった。だが今や笑ってはすまされない時代になってきた感じがある。

週刊誌、新聞、月刊誌など、こぞって健康に関する特集の花盛りである。テレビ番組は言うまでもない。書店では健康関連本のコーナーが大きなスペースを占めている。

もちろん以前から健康に関する話題は、メディアの定番だったといっていい。NHKテレビの『ためしてガッテン』など、以前からくり返し健康をテーマにとりあげて関心を呼んできた。しかし、これらの健康関係のニュースが、最近、少し傾向が変ってきたような気がするのは、私だけだろうか。かつては常識的というか、主要なテーマはほぼ共通のものが多かった。がん、心臓、脳、といったところが、ほとんどだったのである。しかし、最近ではもっと広く、深い部分にまで関心がおよんできたようだ。

たとえば、肺炎の大きな要因となっている「誤嚥（ごえん）」。また国民病といってもいい「変形性膝関節症（へんけいせいしつかんせつしょう）」や「腰痛」。さらに「転倒」などがしきりにとりあげられているのである。

また薬品に対するチェックや、民間療法をめぐっての論争など、健康関連記事はこれまで以上にブームの様相を呈している。

北朝鮮をめぐる情勢、トランプ大統領のアクション、国内政治のゆくえ、など内外の重大問題が切迫するなか、それ以上に国民の関心の大きな部分が健康に向けられている現状は、はたして「健康」なのだろうか。

いま、人びとの大きな不安は、まず国際政治である。その次はやはり経済だろう。端的にいえば、お金の問題である。子供一人を大学に行かせるまでの資金が2000万円、とかいわれると重荷に感じられるかたも多いだろう。さらに老後の生活をどう支えていくかも大問題だ。

しかし、それにもまして目先の個人的な不安としては、やはり「健康」に対する不安が常にあるのではないか。

退職後も、退職前も、常に健康は重大問題だ。体重、血圧、血糖値、その他のマーカーに一喜一憂する人もいれば、それらを全く気にしない人びともいる。しかし、それは気にしないのではなく、怖いから気にしないふりをしているだけだ。おのれの健康が気にならない人など、この世にいないのである。

現在、社会保障における国民の医療費は、およそ42兆4000億円（平成27年度）といわれている。民間療法や健康食品などの売上げは、見当がつかない。健康食品・サプリメントの売上げが1兆6000億円ほどに達した（平成28年度）というニュースもあった。露骨な言い方をすれば、いま戦争よりも個人の健康に対する不安のほうが、はるかに広く深く存在しているのではないか。

「メタボが長生き」の真偽

毎日新聞の記事（2017年11月19日）を読んでいて、気になる記事が二つあった。

一つは1面左上段の囲み記事である。〈フレイル要介護リスク2倍〉〈都調査メタボより影響大〉と、見出しもかなり大きい。

記事の内容は東京都健康長寿医療センターがまとめ、日本公衆衛生雑誌に発表されたものだというから、フェイク・ニュースではないだろう。

このフレイルという言葉がどうもピンとこない。記事にそえられた解説を見ると、要するに身心の老化現象のことのようである。筋力や運動機能、活動量や認知機能などが低下した状態をいう言葉らしい。「虚弱」などを意味する「フレイルティー」(frailty)が語原であるそうな。日本老年医学会が新しい呼び方として提唱していると説明してある。

よくも次々と新しい言葉が登場するものだと、つい思ってしまう。メタボリックシンドロームを「メタボ」として大騒ぎしたのは、つい先頃のことではなかったか。

「フレイル」がはたして日常語として定着するかどうか。「メタボ」よりいささか音にインパクトがないような感じだ。

気になったのは言葉ではない。記事の内容である。ザックリいってしまえば、

「フレイルな人よりメタボのほうが長生きする」という話である。

メタボが諸悪の根元のように騒がれたのは、つい先頃のことだった。メタボ健診などというのがあって、腹の出たオッさんたちを不安におとしいれたものである。私の周囲にも、当時は必死に減量にはげむ連中が少くなかった。腹囲とか、体重を朝晩、計る知人もいた。しかし、もう何十年も前から私は「痩せ型よりも少し小肥りの人のほうが長生きする」と勝手に言ったり書いたりしてきた。

べつに科学的、医学的な根拠のある意見ではない。自分が長く生きてきて、周囲を見回しているうちに、なんとなく実感としてそう思われただけの話だ。

当時はずいぶん馬鹿にされたものである。「男にも更年期がある」と書いたときもそうだった。専門家はみな笑って相手にしようともしなかったし、ひねくれた作家の冗談と思った人たちも多かったようだ。

話をもどすと、記事の内容は、「健康寿命を延ばすには、高齢者は肥満対策より、必要な栄養を取り、筋力をつけてフレイルを予防することが大切」というわけだ。要するに痩せよりメタボのほうが健康で長生きする、という話である。

ヘルスリテラシーをどう身につけるか

こういう新聞の記事を読んで、たちまちそれまでの常識がくつがえるかといえば、そうでもない。健康情報というやつは、あえて言えば百人百説なのである。医学界で権威とみなされるアメリカや英国の専門誌にも、次々と新学説が発表される。「以前はこう言われていたが、現在ではその反対が正しい」などと平然と新説が紹介されるのだ。

ある意味でそれは凄いことかもしれない。いったん教科書にのると、決してその誤りを認めず古い理論を押し通す世界もある。医学も日進月歩だ。子供が親を乗りこえるように、古い理論の否定の上に新しい真理が打ち立てられるのが当然ではないか。

新しい発見と理論は、いつの時代にも袋叩きにあうのが宿命だ。真理は常に非難され、嘲笑される中から生まれる。イカサマ師あつかいを受け、インチキ理論と袋叩きに合わずに誕生する画期的な発見は少い。

氾濫する健康情報について、同じ日の新聞にはこういう記事も出ていた。

〈健康を決める力〉〈情報をどう見極める?〉

氾濫する健康情報のなかから、信頼できる情報を選びだし、それを活用する力を養うことが大切だ、という大学教授の寄稿である。

そのような力を、ヘルスリテラシーと呼ぶのだそうだ。こう次々と新語が登場するのでは、ついていくのが一苦労である。要するに、科学的根拠(エビデンス)にもとづく正しい情報を見定める力を養え、という提言だろう。その意見には全面的に賛成だ。問題はどのようにそのヘルスリテラシーを身につけるかである。

メディアにあふれる健康情報は、それぞれに科学的根拠や統計・資料などの専門語を駆使して、いかにも説得力のある気配を漂わせているからだ。小学生でも欺(だま)されないような幼稚な提言や、適当な情報はすぐに見分けることができるだろう。

しかし、有力な専門機関の発表や堂々たる肩書きをもつ著者の意見などは、私たち素人が容易に反論できるものではない。少くとも有名な新聞・雑誌、またテレビなどが伝える情報に関しては、一応、耳を傾けてしまうのが普通だろう。また一流出版社から刊行される出版物に発表された情報に関しては、つい、なるほどと納得してしまうのが私たちの弱点である。

問題は、それらのもっともらしい情報が、しばしば正反対の意見を主張する点にあるのだ。そこには正反対の意見が堂々と提言されているからである。

今の肥満には政治的・経済的背景も

日刊ゲンダイの28面（2017年11月23日付）には、〈世界中で肥満が爆発的に増加する〉という11段の大きな記事がのっていた。〈3人に1人が太り過ぎ〉という小見出しに続いて〈6つの理由〉があげられている。〈「過食」「運動不足」だけじゃない〉という白ヌキの惹句（じゃっく）も迫力がある。

その記事によると、世界中で肥満が爆発的に広がっている、というのだ。195カ国を対象とした肥満度調査によると、2015年時点で約22億人が過体重で、肥満人口は小児で約1億人、成人で約6億人に上るという。肥満率は1980年以降、73カ国で2倍に増えており、世界人口の3人に1人が太り過ぎなのだそうだ。

6つの理由というのであげられているのが、次の通りである。

①睡眠不足が食欲に影響　②暖房が基礎代謝を低下　③女性の意識変化　④身近な化学物質が危険　⑤腸内細菌叢(さいきんそう)の変化　⑥肥満行動は伝染する。

どれも、なるほど、と納得できる理由だが、どこかに、？　という感じが残るのも事実である。現代の肥満には、政治的、経済的な背景が無視できないような気がするのだ。昔は富める者は太り、貧しき者は骨と皮だった。しかし現代ではシェイプアップできるのは、格差社会の上層部である。自然食品を購入し、良質の蛋白質を選ぶ。スポーツジムでのトレーニングや専門医のアドバイスも欠かさない。

アメリカで貧困層に肥満が多いのは常識だろう。安価な炭水化物を大量に摂取することからくる肥満だ。

またアフリカの難民たちは二つに分かれる。ガリガリに痩せた人びとと、異常に肥満したグループである。背景にあるのは両者とも苛酷な国際政治の渦の中で翻弄されている現実だ。肥満は必ずしも生理や環境の問題だけではない。そこに現代社会における格差と戦争の影を見ないわけにはいかないのである。

過度の肥満は、いうまでもなく諸悪の根元かもしれない。糖尿病、脳卒中、がんなどの原因になるともいわれ、実際に2015年には肥満が関係する病気で約400万人が死亡したと記事の中でも力説してある。

インドなどでは富者は肥満し、貧者は骨と皮が普通だ。しかし現代の肥満は必ずしも経済的格差の反映ではない。むしろ逆のケースもありうるだろう。世界中で肥満が爆発的に広がっているとすれば、そこには経済と政治の厄介な問題が遠因としてあるのでは、と思う。

だ。

健康が産業と結びつきすぎている

小肥りのほうが長生きするかどうか、まだはっきりした結論はでていないようだ。

しかし、手術とか、その他のショックに対応するためには、ある程度の体力が必要なことは誰にでもわかる。メタボによる他の病気の発生は別として、痩せ型のタイプはやはり抵抗力が劣ることはまちがいあるまい。

要するに簡単にどちらがいいとも言えないのだ。それにどちらにしても自由に自分の体型を選択するわけにはいかないのが現実である。とはいうものの、以前のように「メタボは諸悪の根元！」とか「メタボをなくせ！」みたいな国民運動めいた呼びかけはあまり意味がないと思われる。

問題は国民の健康が、産業と結びついていることではあるまいか。健診にしても、ワクチンにしても、その他の活動にしても、もしそれにかかる費用がすべて税金や国の負担で公的になされるとしたら、はたして積極的な組織の運営が行われるかどうかは疑わしい。

たとえば血圧の問題もそうだ。上限を140とすることに異をとなえる専門家は決して少くない。まして130となると反対する医学者、医師は相当な数にのぼるだろう。しかも年齢と血圧とは大いに関係がある。10代、20代の若者と70歳、80歳の高齢者では適正血圧が相当ちがっていて当然だ。売薬ではあるまいし、「13歳以上は――」などというおおまかな基準は科学的ではないだろう。年をとるにしたがって血圧は上昇するのが自然なのではあるまいか。

私はどちらかといえば、低血圧体質である。寝起きが悪く、いつまでもベッドの中でぐずぐずしているタイプだ。しかし、これを標準値まであげようとは思わない。人はさまざまな個性をもつ。体重が50キロをきる大人の男性もいれば、100キロ超の中学生もいる。標準値とくらべて不安になることなどないのだ。

私はどちらかといえば痩せっぽちのほうで、もう2キロ体重が欲しいとつねづね思ってきた。しかし、左脚の調子が悪く、それをかばうためには体重を減らすほうがいい、と専門家は教えている。体重が1キロ増えると、足や膝にかかる負担はその何倍にもなるというのだから困ったものだ。脚の不具合いに対して自分でできることは、まず正しい歩き方、そして二番目が減量というわけだ。

忠ならんと欲すれば孝ならず、などと昔の人も悩んだらしいが、現代人もさまざまなジレンマを抱えて生きているのだ。健康もまた難きかな、である。

私の不健康の履歴書

　私は自由業者のルーズさから、去年までちゃんとした健康診断というものをまったく受けずに暮らしてきた。レントゲンの検査も二十歳の大学受験のときに一度うけたきりだ。そのことを生涯一度の被曝(ひばく)体験だなどと、これまで得意気に書いたり喋(しゃべ)ったりしてきた。

　40代の後半まで、自分の血液型さえも知らなかった。ある夏、鈴鹿(すずか)のサーキットを車で走る機会があって、その前に血液型を調べられたのだ。さいわい事故は起きず、そのデータが役に立つことがなかったのはラッキーだった。

　そんなわけで、私は敗戦後、70年あまり歯科以外の病院に一度もお世話にならずに暮らしてきた。もちろん検査など受けたこともない。

だからといって、ずっと健康だったかといえば、全くそうではなかった。むしろ自分の健康に不安をおぼえることが、しばしばあったのである。

私は子供の頃から「腺病質」というレッテルをはられていた。小学校の通信簿にそう書かれていたのである。たしかに痩せぎすで、線の細い子供だった。よく扁桃腺(へんとうせん)を腫らしては熱をだしたし、学校を休むこともしばしばあった。犬に噛まれて狂犬病の注射を打ちに通ったこともある。

中学の頃、原因不明の微熱が続いたことがあった。咳(せき)がでて、呼吸が苦しい。勝手に結核だろうと自分で決めて、一時は自殺を考えたこともある。引揚後のもっとも生活が苦しいときで、とても療養生活など考えられなかったからだ。母は40代で死に、父親も長命ではなかった。弟も2人失っている。

そんなわけで、私は若い頃から自分も早く死ぬだろうと思っていた。40代まで生きれば御(おん)の字だと勝手に決めこんでいたのである。

青年期を過ぎてからも、いろんな症状がでた。30代の後半には、呼吸器がおかしくなった。

いまにして思えば、たぶん呼吸器になんらかの異常があったのだろう。息を吸いこむのは普通にできるが、吐くほうが苦しかった。思いきり息を吐いても、十分に吐けずに胸に圧迫感が残るのだ。たぶん気胸の気味があったのではあるまいか。地下鉄に乗ると息苦しいので、メトロは敬遠していた。

それでも病院に行かなかったのは、もし治療のために仕事を休まねばならなかったとしたら、暮らしが成り立たないという経済的な事情が大きかったのである。それと同時に、敗戦後、奇しくも命ながらえて生きていることへの、一種のうしろめたさもあったにちがいない。もし病気が進行して死にいたったとしても、それはそれでいいではないか、という捨てばちな気持ちがずっと続いていたのだ。

中年に達すると、こんどは激烈な片頭痛の発作が出るようになった。ひと月に

一、二度、片頭痛の発作がおきる。これは体験した人でなくてはわからないと思うが、ひどいものである。

頭痛だけでなく、発熱、吐き気、体のふしぶしの痛みなどが一斉におそってくるのだ。吐こうとしても、何も出てこない。トイレで便座を抱えこんで夜明けまでうずくまって過ごすこともあった。

それでも病院には行かなかった。なんとか自分で対処する、と決めていたからである。後で述べるが、この時期もあれこれ苦心して自分で切り抜けたのは、幸運としか言いようがない。

私の勝手な考えでは、人間はオギャアと生まれたときから老いていく。人は病む存在であり、理想的な健康などありえない、と思いこんでいた。

人は日、一日と老いていく。老化は誕生の瞬間から始まる。老化とは劣化であり、酸化である。要するに錆びていくのだ。鉄でも歳月とともに錆びていく。酸化してボロボロになり、やがては形をとどめない。

人間もそういうものだと、なぜか少年時代から感じていた。どう考えても、それは科学的、医学的な立場ではない。しかし、そう感じていたことは事実である。

いまでも私は健康という言葉に疑いをもっている。健康な人などはたしているのだろうか。表面的には健康でも、すでに年を重ねていく人間は常に病んでいる。完全なる健康など幻想に過ぎない。

そんな非合理な実感が私の内にはあった。

敗戦の頃、健康という考えはなかった

私は13歳のときに外地、すなわち旧日本帝国の植民地で敗戦をむかえた。

当時、私たち一家が暮していたのは、現在の北朝鮮である。敗戦と同時に生活

が一変した。現地の人びとの旧支配者に対する姿勢は、当然のことながら厳しいものだった。まもなくソ連軍が進駐してくると、さらにさまざまな悲劇が続発した。

棄民として放置された私たちは、極限状態のなかで体を寄せあって極寒の冬をすごした。

住居も家財道具も一切を接収された私たちは、旧満州からの難民と共に集団で暮らした。

そのなかで延吉熱（えんきつ）と呼ばれた伝染病が流行する。延吉地方からの難民が運んできたと噂される伝染病である。高熱を発し、体に淡紅色のアザができ、子供などすぐに死んでしまう。どうやらシラミが感染源だったらしい。

栄養失調や、その他の病気で亡くなる人もあいついだ。私の母もそうだった。医療品もなく、医者もいず、ただ手をこまねいて見守るだけだった。

そこでは健康などという呑気な考えなど、だれももたなかったと思う。極限状態のなかではそうなのだ。病気はイコール死、だったのである。

私が敗戦後、70年、この春までかたくなに病院にいくことを拒絶してきたのは、その当時のトラウマのせいかもしれない。あの時、なすすべもなく死んでいった人たちに申し訳ない、というコンプレックスがあったのだろうか。それとも注射一本、売薬ひと包みさえ受けることができなかった母親への、無意識の感情がわだかまっていたのだろうか。

ともあれ、私は病気になれば死ぬしかないと、ひそかに覚悟をきめて生きてきたのである。

2、3年前から左脚の不具合いを感じつつも、無理してそれを無視してきたのも、そんな私の体質によるのだろう。体質というより、考え方なのだろうが、私にとってはそれは体にしみこんだ体質のようなものだった。

しかし、80歳をこえ、なお仕事を続けていく上では、フィジカルな問題は無視できない。これまでのように自己診断で勝手な個人療法を続けていても限界がある。

あとで詳述するが、私がはじめて病院の門をくぐったのは、今年の春だった。しかるべきかたに紹介してもらい、しかるべき病院をおとずれたのである。私としては、まさに敵の軍門にくだる感じだったといえば、苦笑する人もいるだろう。

病院に集まる人の多さに驚く

私が患者として、戦後はじめて訪れた病院の印象は、どうであったか。

もちろんテレビや新聞・雑誌などをとおして、現在の病院の状況はおおむね想像がついていた。

また自分は診察を受けなくても、家族、友人などの入院を見舞ったりして、病院の印象はすでにかたちづくられている。

しかし、自分が患者の一員として足を踏み入れた病院の実態は、私の想像を絶するものだった。

なによりもまず第一は、病院に蝟集する患者さんたちの大群に圧倒されたことだった。その病院が著名な大学病院であり、巨大な規模をもつ病院であったこともあるだろう。しかし、待合室というか入口のホールに渦巻く人の波には、ただただ呆然とするばかりだったのだ。

〈世の中には、これほど病人が多いのか！〉

と、私はあらためて大きな衝撃を受けたのである。

私はそこで当日ひととおりの検査を受けた。レントゲン撮影も受けた。担当してくれた医師のかたがたは、こちらが高齢の患者のせいもあって、きわめて紳士的、かつ懇切丁寧な対応をしてくださった。かつての「偉いお医者さま」のイメージとはまったくちがう、知識人としての成熟したドクターがただった。

レントゲンの画像を示しながら、嚙んで含めるように説明を受けて、私のこれまでの病院に対する偏見は見事に氷解したといっていい。

しかし、私のひそかな不満は、左脚の痛みを訴えている私の言葉を注意ぶかく聴いてくださる医師のかたがたが、一度も私の脚を手でさわってくれなかったことである。

「痛いのはこの辺ですか？　それともここのところですか？　こうして押すと痛みがありますか？」

などと形だけでも医師の手で触れてほしかった、というのは、現代の医療ではもうありえないことなのだろうか。そうかもしれない。拡大されたレントゲン写真の画像が、鮮明に患部を写しだしている以上、手でさ、わ、るなどという原始的な行為は必要ないのだろうと思う。

結局、私の脚の不自由さは、「変形性股関節症(へんけいせいこかんせつしょう)」と判明した。2000万人以上いるといわれる「膝関節」の変形ではないらしい。膝の軟骨のほうは、まだ多少は残っていて、それが原因ではないだろうということだった。問題は股関節だったのである。

「で、どうすればいいんでしょうか」

と、私はおそるおそるたずねた。

脚の痛みに病名はついたが

さて、「変形性股関節症」という病名は確定した。なんとなく安心するところがあった。

しかし、とりあえず脚の痛みのほうは、どうすればいいのか。以前は起つとき、坐るとき、歩く際に軽い痛みを感じるだけだったのだが、この半年ほどは左脚を引きずるようになっていた。

病院という所は、そういう苦痛に対して医学的ななんらかの処置をしてくれる場所のように思いこんでいたのである。

手術とか、そういう大袈裟なことは考えてはいなかったが、ひょっとして何かの処置が受けられるのではないかと安易に考えていたのだ。

しかし、その私の素人考えは、見事に裏切られた。注射をするわけでもなく、塗り薬がでるわけでもなく、また何らかの施術がほどこされるわけでもなく、医師は親身な口調でこう教えてくれたのだった。

「プールに通って水中歩行などをなさるといいかもしれませんね。以前、同じように脚の痛みを訴えておられた患者さんが、ホテルのスイミングクラブに入会されて、プールでの水中歩行を続けられたところ症状が好転された例もありましてね」

「はあ、なるほど」

そういえば友人の一人が、こんなことを言っていたのを思いだした。

「水泳が体にいいというんで、プールに行ったんだよ。そしたら年寄りの人たちが行列してプール中を歩いているわけさ。なにしろクロールで泳ぐなんてできないくらいにゾロゾロ歩いているんだから」

水中歩行は体重をかけないのでリハビリや筋トレに有効だとは、聞いて知ってはいた。

変形性膝関節症や股関節症に対しては、どうやらこれという適当な治療法はないというのが実状らしい。ひどくなって歩行困難ともなれば手術という手があるだろう。金属の器具を入れるその手術は、現在のところもっとも確実な解決法のようだ。しかし、痛みを我慢しさえすれば、なんとか歩けるくらいの現状では、そこまで踏み切ることはないような気がする。

「ありがとうございました」

「どうぞ、お大事に。念のためにふだんのエクササイズに役立つような運動のパンフレットをお渡ししておきましょう」

と、いうことで、私の病院初体験は無事に終った。手術もいやだが、プールで行列して歩く気もしない。さて、どうするか。相変らず痛む脚を引きずりながら帰途についた。

痛みを抱えつつの養生

「整体とか、鍼灸(しんきゅう)とか、そんなものをためしてみてはいかがですか」

と、親切な編集者がすすめてくれる。

「しかし、ねえ。ああいう民間療法というのは、いまはどこも大繁昌だからなあ。評判のいいところは予約をとるのも、なかなか大変らしいですよ」

それもわかるような気がする。脚の痛みや不自由を感じている人びとは、およそ2300万人に達する、という記事も読んだことがあった。腰痛とならんで、これは立派な国民病ではないか。

それでいて現代の先端医療が、とりあえずほどこすすべがないというのは、どういうことだろう。

歩けなくなったら手術、というそこまでの過程が大変なのである。ヘビの生殺しのように痛む脚を引きずりながら歩く日々が辛いのだ。

脚が痛いとつい歩くのがおろそかになる。運動不足は老化のもとだし、日常の健康にも悪い。いいことなしだ。そのことがわかっていても、プール通いもままならない。

テレビの深夜番組では、足腰の痛みを解決する通販薬品の花盛りだ。だまされても、まあ、もともと、ひとつ飲んでみるか、というかたがたも少なくないだろう。できるだけ手術は避ける、というのが現在の良心的な医師の立場であるようだ。私もそれに賛成だ。そういうかたがたの主張は、ほぼ3つに集約される。まず、減量。つぎは脚部の筋トレ。3番目が正しい歩行のすすめ。

良識的な医師の提言は、ほとんどその3つに集約される。

私もためしてみたが、もともと痩せ型なので、減量は意味がない。もう1、2キロ体重が欲しいくらいなのだ。体重が標準より少いと、やはりスタミナ不足を感じる。したがって、この1番目はパス。

こういう本人がやる努力を、保存療法とかいうらしい。完治しなくてもなんとか保存療法でしのいでいけるなら、それで十分のような気もする。

さて、第2は自分でやる大腿四頭筋の強化である。椅子に坐って脚を伸ばしたり曲げたりする運動が一般的だ。これを朝・昼・晩、1日3回、3〜4カ月続けると効果があるらしい。それほど大変な運動ではないが、なにしろ朝・昼・晩3回を3〜4カ月だ。これには相当な根気が必要だろう。

最後の正しい歩行。これはたしかに重要だと思う。

「歩行」。歩くというテーマに関しては、私はこの数十年ずっと関心をもってきた。さまざまな歩行法をためしたり、近代日本人の歩行の歴史的変遷を調べたりして、いっぱしの歩き方の専門家のような顔をしていたこともある。

明治維新によって変ったのは、社会体制ばかりではない。生活のすべての分野での欧米化が嵐のように吹き荒れたのだ。歩行もその一つだった。その背景には、国民皆兵の制度化による軍隊の存在が大きい。階級ということもある。武士には武士の歩き方があり、庶民には庶民の歩行のスタイルがあった。吉原の太夫には花街の歩行があり、農民には農民の歩き方があった。

しかし徴兵制による近代的軍隊の創立により、国民共通の歩行が強制化されたのが軍隊である。私たち旧世代は、戦時中の国民学校、中学校で、わずかながら教練という訓練を受けている。プロの軍人の指導教官の指揮のもとに、一糸乱れぬ団体行進が叩(たた)き込まれたのだ。

「歩調(ほちょう)をとれ！」

の命令一下(めいれいいっか)、膝を高くあげ、軍靴(ぐんか)で叩きつけるように踏みおろす軍隊のスタイルを全員でとる。手を大きく振り、顔を高くあげて行進するのだ。脚にはしっかりとゲートルが巻かれている。

このゲートル（巻き脚絆(きゃはん)といった）の巻き方が、また難しい。うまく巻かないと行進の途中でほどけたりするのだ。固く巻きすぎても鬱血(うっけつ)するし、ゆるいのもいけない。途中で折り返したり、いろいろテクニックがあった。

この旧軍隊スタイルの歩き方は、戦後七十数年たっても、まだ生きている。夏の甲子園の高校生たちの入場行進がそうだ。野球はアメリカ発祥のスポーツだが、あの高校健児の歩き方は旧軍隊式のスタイルだろう。膝をのばして、自然に体重移動をして前進するのではなく、両手を大きく振り、膝を高くあげ、真下に踏みおろす歩き方である。

いわゆるナンバ歩きというのも、いろいろためしてみた。またウォーキングの専門家の指導する近代的歩行のスタイルも実践した。踵から着地して、足指で地面を圧して前進するやり方である。

膝に故障のある患者に推薦されているのも、その歩き方が多い。姿勢を正し、顎を引き、両手を振って踵から着地する。足の裏から足指に重心を移し、スムーズに歩幅を大きくとって前進。

理屈はわかるが、脚の痛みを抱えた患者にはたしてそれが可能だろうか。

「完全な健康」などない

「健康という病」が、いまこの国を覆(おお)っている。

病んでいる人びとが健康を求める気持ちは切実だ。そのことを言っているのではない。「健康になりたい」のではなく、「健康でありたい」風潮のことを問題にしているのである。

さし当り健康な日々を送っているにもかかわらず、どこか病んでいるのではないかと不安に思う。いまは健康でも、いつなんどき怖(おそ)ろしい病気に見舞われるのでは、とおびえる。

より健康でなければ、と目を皿のようにして健康記事を読みあさり、酒や煙草(たばこ)をひかえ、ジョギングや糖質制限を試みたりする。必要のない検査を受け、さまざまなサプリメントを常用する。血圧が標準値を超えたといって不安になり、痛風がこわいからと食事を制限する。ある日の夕刊では、現代人の90％以上は常時、歯を食いしばっており、それはさまざまな体調不良の原因になるというブックレビューがでていた。それを改善するためには、気づいたとき1回10秒、口をぽかんと開けなさいとすすめていた。そのうち街で見かける人たちが、やたら口を開けて歩いている光景が見られるようになるかもしれない。

私の実感では、人間には「完全な健康」などというものはない。車を運転する人なら経験がおありだろうが、ピカピカの新車といえども意外に小さなトラブルや不具合いが多いものだ。また、かなり使いこんだ車となると、使用年数がのびるごとに不調があちこちでてくる。

昔とちがって最近の車は故障しないが、それでも永遠に好調ということはありえない。人間も車も、一年ごとに老いていくのである。

人生は不条理なものだ。自分の思うようにはならない。運、不運というもののもたしかにある。喫煙の害は、いまではだれもが認める常識となった。医学的な反論もない。それでもなお、首をかしげたくなるような現実が、いくらでもある。

私の友人の一人は、呆(あき)れるほどのチェーン・スモーカーだった。一本吸い終る前に、次の煙草に火をつけたりする。しかし、それでいて彼は私よりはるかに壮健だ。大酒飲みの長寿者など、身のまわりにいくらでもいらっしゃる。

人はすべて大なり小なり病人である。完全な健康などというものはない。誕生日ごとに加齢という決定的な病状は進行していくばかりなのだ。そうと納得すれば、今のまま、現状の生活で十分ではないか。元気のいい病人として今日一日を生きる。それしかあるまい。

健康情報とどうつき合うか

どの記事も充実していておそろしい

このところ、というか、この数十年来、健康問題関連記事の花ざかりである。新聞、週刊誌をはじめ、テレビ番組でもそうだ。カラスの鳴かぬ日はあっても、マスコミに健康問題がとりあげられぬ日はないのではないか。

それらの記事や番組は、それなりに充実していて、そこがおそろしい。医学界の専門家のコメントもちゃんと添えられているし、文章や構成も巧みである。テレビの場合は、映像が迫力があって、がんの患部のクローズアップなど見ていてギャッと叫びたくなるくらいだ。

仕事部屋に散乱している週刊誌をアトランダムにめくってみる。

〈大反響第2弾・絶対に受けてはいけない　がん「免疫療法」と「民間療法」実

例報告〉

大反響第2弾とあるからには、最初の記事に相当な読者の反応があったのだろう。

〈あなたが飲んでるその薬、「海外ではもう使われていません」でした〉

この記事には具体的に有名な薬品の実名があげられている。糖尿病薬、鎮痛剤、抗生物質など、おなじみの薬がぞろぞろ出てきて、読んでいてゾッとする読者も多いのではあるまいか。

〈「漢方」の大嘘　死者まで出ている「副作用」事典〉

これも大反響を呼んだらしく、第2弾の特集が予告されている。

一方、新聞も健康記事の大ブームだ。以前は「こうすれば痩せられる」とか、「健康になる食品レシピ」などという役立ち記事が多かったが、最近はそうではない。「絶対受けてはいけない〇〇手術」だの「この病院が危い！」「専門医が隠す術後死」といった刺激的見出しが並んでいる。

医療や治療法にも、流行がある。かつてコッホの細菌説が大流行したころ、第二軍兵站医学部長だった森鷗外が、「脚気細菌説」にこだわって、陸軍に大きな被害を出したことは有名だ。

以前、精神科医の学会に呼ばれて講演をしたことがあった。そのころは新薬が次々に登場して、「多薬・大量投与」というのが流行だった。その学会のパンフレットにも、製薬会社の広告が目白押しで、画期的な新薬の効果が大々的にうたわれていたのである。

最近、読んだ記事に、「鬱病には薬は効かない」という心療内科医の手記があって、これにはショックを受けたものだった。

その心療内科の医師の手記は、自分のこれまでの経験と、新しい治療情報の紹介が過不足なくまとめられていて、とてもいい記事だったと思う。

しかし、読後なんとなく違和感が残ったのは、その医師があまりにも率直で良心的なことだった。文中に、これまでの治療方法についての反省が出てくる。さまざまな薬品を患者に投与しながら、ずっと疑問を抱いていたというのだ。

医学界で推薦されている新しい薬を、いくら投与しても病状が好転しない。専門の雑誌や学界の論文で、実証的なエビデンスをもとに効果ありとされている薬なのだ。

結局、その心療内科の医師が出した結論は、鬱病に薬は効かない、ということだった。

将来、どんな画期的な新薬が開発されるかはわからないが、目下のところ鬱病の治療に明確な効果のある薬は見当らない、というのである。

その医師の良心的な姿勢と、業界に対する勇気ある発言には敬意を表するが、私たちの側としてはどこかに首をかしげたくなるような気持ちが残ったことは事実だった。

医学は進歩し、専門家の意見は分かれる

2、3年前まで投薬治療を受けていた患者の立場はどうなるのか。医学の進歩が、常にトライ・アンド・エラーの繰り返しの上にもたらされることはわかる。しかし後になって、あれはまちがっていました、ではたまったものではない。こういうことは多かれ少なかれ、現実にはよくあることだ。しかし、そうなると画期的な新しい療法が開発されて、それを推(すす)められた場合にはどうするか。

電気製品だろうとジェット旅客機だろうと、科学の進歩は常に欠陥と誤ちの改良修正によって実現するのだ。

しかし、きのうまで信じて飲んでいた薬が、あれは無意味でした、と良心的に

言われてもなあ。

私は寝るときに、横になって寝る。いわゆる横臥位(おうがい)だ。もう何十年もそうやって寝ている。べつにお釈迦(しやか)さまが横向きに寝ていたからというわけではない。なんとなくそうしてきた。また、横臥位をすすめる専門家も少くない。あの故・日野原先生も、あお向けになって寝る動物はいない、とかおっしゃっていたのを聞いたことがあった。

ところが、それと反対の意見を持っておられる医師のかたもいらして、はたしてどちらが正しいのかと目下、迷っているところなのだ。

こういう正反対の意見が、健康論にはしばしばある。一日何リットルの水を飲めという意見がある一方で、まったく反対の説もある。水毒という言葉もあるくらいだから、喉が渇いたときにチビチビ飲めばよい、とか、どちらもなるほどと思う点があるので困ってしまうのだ。

私の脚の不都合についても、ある人はアイシングをしなさい、という。ある人は温めて血行を良くすべきだと力説する。また、痛む脚で無理に歩くな、とアドバイスしてくれた専門家もいた。駅の階段などあがるな、必ずエスカレーターを使え、というのである。

逆に体は使わなければ衰える。少々辛くてもできるだけ歩くように、と教えてくださった医師もいた。

まあ、こういうことは、すべてにわたって出会う問題だ。がんは早期発見、早期治療が鉄則、と力説するかたもいるし、検査などしないほうが幸せです、と自信をもって説くかたもいらっしゃる。正反対の意見、それも学識経験の豊富な専門家の発言なのだから、一般の人が迷わないほうがおかしい。

しかし、結局のところ人は自分が欲することを選ぶのだ。迷うのも人間性である。

以前、ある文壇の先輩ががんになった。ずっとそのかたは「がんになったら一切治療なんかしない、そのまま受け入れる」と断言しておられた。だが実際にその状況に直面すると、ありとあらゆる民間療法に狂奔されていた。それもまた人間のありのままの姿かもしれない。

養生は趣味くらいがちょうどいい

健康論や養生に関して、趣味として取り組むのはいい。私は健康にまつわる主題を、一種の道楽として考えている。鉄道ファンもいれば、フィギュアの蒐集家（しゅうしゅうか）もいるようなものだ。

しかし、あまり熱心に健康について考えるのは、いささか問題ではないだろうか。

たしかに健康にこだわる気持ちはわからぬでもない。1000兆円以上を抱えた国の負債、ハイパーインフレのおそれ、極東をめぐる国際政情の不安などを考えると、一体なにを頼りにして生きていけばいいのか見当がつかない。金を買え、ドルを買え、国外に資産を移せ、などと教える評論家もいるが、それはかなりの資産家へのアドバイスだろう。

大災害がきても、超インフレになっても、テポドンが落下しても、そこで価値の変らないものは何か。

それが健康だ、と一般の人びとは考える。健康は貧者の資産であり富者のアクセサリーである。かくして健康はドルよりも、国債よりも、金よりも安定した価値あるものとみなされる。

現在の健康ブームの背景には、そんな時代の不安がひそんでいるのではあるまいか。

健康論では、常に生活習慣という思想がつきまとう。いつの頃からか、病気の最大の原因は生活習慣の乱れ、ということになってきた。食事も、睡眠も、運動も、嗜好も、その観点から裁断される。日本酒よりワインがよい、ワインより焼酎、ウイスキーがよい、などと喧しい限りだ。最近はビールのプリン体無罪論もでてきて、ビール党を狂喜させている。炭水化物排斥論も一段落ついて、安心してカツ丼をドカ食いしている若者もいる。

しかし、一挙手一投足、一日数膳の食事にそれほど気をつける必要がはたしてあるのだろうか。糖分を一切拒否すれば、はたして健康は保てるものだろうか。カフェインをとるとがんにならない、などという記事を信用して、コーヒーをがぶ飲みしたところで絶対にがんが避けられるわけでもないだろう。

過度に健康を気づかうことは、一種の病気かもしれない。氾濫する健康記事、健康番組に一喜一憂するのは、健康という病である。

かたよった食生活を続けて長命だった先輩もいた。神経質なくらいに生活習慣を律して、早逝した友人もいた。まったく野菜を食べないで長く生きている人物もいる。歯を磨いたことがないという人で、80歳で全部自歯という人もいる。世の中は理屈どおりにはいかないものなのだ。

健康ノイローゼだけは避けたい

きょうも新聞に健康関連記事の大見出しが躍っている。週刊誌も、テレビ番組も、なにやら恐ろしげな病気について論じている。

ある意味で、私たちは健康ノイローゼにおちいっているのではないか。朝、目を覚ませば病気がやってくる、街を歩けば病原菌ばかり、といった雰囲気だ。そしてそれらの健康記事は、それぞれなかなか良く出来ていて説得力があるから困ったものだ。

べつに体調に異常がなくても、ああではないか、こうではないかと想像して不安になってしまうのだ。

たしかに世の中に病人は多い。なんらかの異常を感じつつ暮らしている人々も大勢いるだろう。

だが、10年、15年使った車でも、それなりに走るのだ。工場に入れて徹底的に調べれば、たぶんあちこちに不具合いや問題点が発見されるにちがいない。それでもガタピシとオンボロ車でも走るのである。

警戒しても用心しても、病気になるときはなるのではないか。どんなに神経質に気をつけて暮らしていても、必ずしも健康を維持できるとは限らない。

酒は飲みすぎないほうがいい。煙草も吸いすぎるのはよくない。万事につけほどほどにして、極端に走らないことが健康に対する正しい姿勢かもしれない。

人には生まれつき、ということがある。運ということもある。私が尊敬している ある健康法の創始者は、かなり早く世を去った。そのかたの高弟に、いちどぶしつけな質問をしたことがある。

「あれだけのかたが、どうしてわりと早く亡くなられたんでしょうか」

すると、その人は少し考えて、こう答えた。

「先生は生まれつき虚弱な体質で、子供のころは二十歳まではは生きられないだろうと周囲から言われていたそうです。そのかたが50歳過ぎまで存命なさったことは、先生の養生法がいかに正しかったかということではないでしょうか」

これを巧みな言いのがれだとは私は思わない。短命に生まれる人もいる。逆境の中で長寿を保つ人もいる。健康に気をつかって日々好日を娯しんでいらっしゃるかたも、その反対のかたもいらっしゃる。

運命をはね返す生き方もあるだろうが、必ずしも万人に通用する生き方ではない。一応、それなりに健康を気づかいつつ、気楽に暮らすというのがいま考えられる最良の健康法なのではあるまいか。

第三の健康論の波

健康論にも流行がある。そもそも健康論がジャーナリズムで大きな位置を占めるようになったのは、高齢化社会の影響だろう。

100歳以上の長寿者が5万人をこえたのは、もう5年も前のことだ。「人生五〇年」などと言っていた時代は、すでに過去のものとなった。いまや「人生一〇〇年」を覚悟しなければならない時がきたのである。

しかし、長寿（平均寿命）の伸びが、人びとの幸福とはつながらない。

平均寿命と、もう一つ、健康寿命というものがある。

寝たきりの植物状態で長寿を保っても、それは意味がない。それどころか寝たきりの長寿は、地獄のようなものだ。

「元気で長生き」こそが、高齢化社会のキーポイントとなるのは当然だろう。健康は、かつては勤労世代の問題だった。社会に出て働き、家族を支えるためには健康は必須の条件である。競争を生き抜いていくための武器が健康だったのだ。

その視点からのかつての健康論と、最近の健康論では何かが大きく異っている。つまり人生後半の健康こそが大問題とされるようになってきたのだ。

以前の健康論は、どこかに国家主義の影が落ちていた。

軍国主義の時代には、国家の壮丁として、立派な兵士となるための健康論である。

戦後の民主主義の時代には、経済戦士としての労働力を向上させる健康論だった。経済成長のために、健康な労働力が期待されたのだ。

現在はどうか。

すでに強壮な兵士をめざす時代ではない。また高度経済成長を支えるための労働力でもない。

退職後の30年、40年の後半生を、寝たきり老人として社会保障に身をまかせることなく生き続けるための健康なのである。

いわば、第三の健康論の時代がきた、ということだろう。

人生を3つに分けて考えてみる。

生まれてから30歳まで。その後、退職するまでの30年。そして60から90歳までの老年期である。現在、どの世代が多く病気になやんでいるか。当然のことながら老化と共に健康を失う第三世代である。

戦後の健康ブームを振り返る

戦後、しばらくのあいだは健康論はジャーナリズムのテーマではなかった。とりあえず食って生きることが、最大の課題だったからである。

バクダンと称するアルコール飲料を飲み、ヒロポンという覚醒剤を打つ。闇市でドラム缶から注がれる雑炊で腹を満たす暮らしだったのだ。

やがて高度成長期を迎えて、衣食住に余裕ができてくると、まず呼吸法が流行(はや)った。

最初は素朴な腹式呼吸から始まって、各派入り乱れての呼吸法戦国時代となる。

その流行が過ぎると、運動ブームがくる。一日一万歩のウォーキング、ジョギング、体操、そしてメタボ退治のエクササイズ。

デトックスなどというのが話題になった時期もある。

そして食の健康法も流行した。玄米食にナチュラル食品、栄養学がブームになった時期もあった。

また奇妙な健康法もマスコミをにぎわした。紅茶キノコ、飲尿療法、断食などが注目されたのも、この時期である。

続いて医療ブームの時代がくる。

これまでのように、「お医者さま」にすべてをおまかせしてよしとする姿勢が批判され、病院選び、医師選びが問われるようになった。

最近では、薬品をチェックする風潮が盛んである。

これまで常識のように用いられていた薬品の副作用がきびしくチェックされるようになる。

「この週刊誌には、こんなふうに書かれていましたけど」

と、主治医の投薬に疑問を呈したら、医者が激怒して、その雑誌を投げつけたというゴシップなどもあった。

このところ健康法の焦点は、おおまかな全身健康法ではなく、細部にこだわったテーマがジャーナリズムをにぎわしているようだ。

このところ、誤嚥(ごえん)をテーマにした記事が目立つようになった。

肺炎が日本人の死亡病の第3位に浮上したらしいことが原因だろう。

その肺炎の大多数が、誤嚥性のものであることが問題視されているのだ。

転倒というテーマも、かなり注目されている。要するに転ぶということだ。転んで骨折すると寝たきりになってしまう高齢者が多い。誤嚥も、転倒も、老人の最も見舞われやすい事故だからだ。ここにも高齢化社会の影がさしている。

一日一食は是か非か

少し前、一日一食という人の話をよく聞いた。

「ダレダレさんも、一日一食主義だそうですよ」

などと、有名人の名前なども、しばしば耳にするようになった。どうやら炭水化物制限法のあとは、一日一食問題が世間の注目を集めたようだ。

このところ私も一日一食に近いライフスタイルである。なんだか忙しくて、つい食事のことを忘れてしまうのだ。

つよく空腹をおぼえれば、食事のことを忘れたりはしないだろう。ところが、ある年齢に達すると、一日の運動量も減るし、体そのものがスリムになってくるので、それほどエネルギーの補給が必要ない感じなのである。

それで体調はどうかといえば、三食食べていた頃とあまり変らないところが不思議である。

体重もそれほど変らない。これが体重は減るわ、体力はなくなるわだと、あわてて三食にもどるだろう。しかし、一食でも三食でも、ほとんど体重に差がでないというのは、どういうことか。

食は養生にあり、とは昔から言われていることだ。今日の私は、きのうの食によって成り立っている。食べることは生きることの基本である。そのことはよくわかっているのだが、ついついおろそかになってしまうのだ。

食べない、ということを健康法の基本にしている人も少くない。断食とまではいかずとも、とにかく過食をさける。それで十分に健康らしいから、外からとかくあれこれ言う必要はないのである。しかし反対論も少くない。

「なんてったって食べる人が元気だよ。長生きしてる人は、みんな食欲が旺盛だもの」

そんなことを言う人は、一日一食などとんでもないと否定するだろう。

たしかに食欲の旺盛なお年寄りに元気な人は多い。朝からステーキなどという高齢者も結構いらっしゃる。

私の学生時代は、慢性的な栄養失調だった。痩せて、体重も少かった。二十歳のころ、55キロぐらいだったと思う。

40代から50代にかけて、多少メタボ気味になった。60キロ程度はあったのではなかろうか。70歳を過ぎて、少しずつ昔の痩せ型にもどってきた。筋肉も落ちているし、全体に小ぶりになっている。年寄りは体の各部が縮むのだ。首回りも、足のサイズも小さくなった。となれば、一日一食で十分だろうか。

一日三食説の背後に見えるもの

食事のとり方については、永年いろんな説が錯綜(さくそう)している。

一般に多いのは、一日三食説だ。ことに朝食を重視する論者が多い。こういう人はほとんど早寝早起き説である。ある意味で道徳的というか、教育的な傾向が目立つ。

なかには極端な説をとなえる人もいる。私が読んで首をすくめたのは、「朝食をきちんととらない子は不良になる」という意見だった。栄養不良ならともかく、不良少年の原因を朝食抜きにしてしまうのは問題だろう。もっともそのかたの説は、朝食を家族そろってちゃんととらないような家庭は、健全でないという考え方にもとづいている。朝食をとることが健康な家庭生活のしるしのように見なされているのだ。

私の大学時代の友人の一人に、古風な文学青年がいた。中年を過ぎても無頼派めいた暮らしを続けていた。奥さんはついに愛想をつかして、子供を残して家を出ていった。それでも彼は毎晩、酔っぱらって帰ってきて、ぶっ倒れて寝てしまうような暮らしを続けていた。

ところが残された男の子が、すこぶる出来た子に育って、なにくれとなく親父の面倒をみる。早朝から新聞配達をし、父親の枕元にちゃんと朝食を用意して学校へいく。働きながら勉強を続け、国立大学を出て一流の企業に就職した。自分だけでなく、父親の朝食まで用意するという出来た子だったのである。

たしかに朝食というのは、規則正しい生活とか健全な暮らしのシンボルみたいなものだ。早寝早起きと共に、良き国民のイメージがそこにはある。

しかし、日本人が一日三食の暮らしになったのは、近代以後であるらしい。もちろん古代人は食べられるときに必死で食べていたはずだ。道徳的な立場からでなく、食事を考えると必ずしも朝食が必須とは思えない。三食主義の背後には、どこか国民道徳の気配がしないでもないのである。

実際に健康という面から考えてみるとどうか。

人は習慣の動物である。一日三食でも、一日一食でも、それに慣れれば体もそれなりに対応する。年齢ということもある。育ち盛りの少年と、80歳をこえた老人とでは運動量もちがうし、日々消費するエネルギーもちがう。

私の考えでは、壮年期を過ぎたら少しずつ食事の量を減らしていくのが自然のような気がする。つまり動的に考えたほうがいいのではあるまいか。

規則正しければ健康なのか

規則正しい生活。

ほとんどの健康本が、例外なくそれをすすめている。決まった時間の食事。決まった時間の就寝。そして早起き。

私の友人の一人に、絵に描いたような健康志向の作家がいた。物書きにしてはめずらしいタイプだった。

夜更かしなど決してしない。リズムのある規則正しい生活を送っていた。

ある時、彼を含めた友人知人と外国旅行をしたことがある。

その中で、時差に苦しんで旅行中ずっとユーウツな顔をしていたのが、彼だった。ふだんの規則正しい生活のリズムが、すっかり狂ってしまったのだ。

私たちの子供の頃、よく「非常時」という言葉をきいた。戦争の時代、ということだろう。いわば私たちの世代は「非常時の子供」だったと言っていい。

いつ空襲があるかわからない。やがて少年兵として戦争に駆りだされるだろう。

そんな非常時には、規則正しい生活などというのは無理だった。いわば乱世の子なのである。

だから外国へ行っても、時差などほとんど気にならない。その国、その土地の生活リズムに合わせて行動する。

規則正しい食事、規則正しい生活、などと聞くと、なぜかブロイラーのニワトリを想像してしまう。

以前、岩手の牧場を訪れたことがある。鎖につながれた牛たちを、一定の時間になると裏庭に出して運動させる。カラ傘の骨のような木の枠があって、それがぐるぐる回るのだ。一頭ずつその枠につなぐ。スイッチを入れると木の枠が自動的に回転する。鼻輪をくくりつけられた牛たちが、引っぱられながらグルグル歩きはじめる。これが運動とは、と、ため息が出た。自動運動機とでもいうのだろうか。一日に何回か決まった時間に餌をやり、決まった時間に規則正しく運動させる。はたしてその牛たちが健康であるかどうかはわからない。

一日三食も、一日一食も、慣れの問題ではあるまいか。三食たべれば三食型の体に、一食にすれば一食型の体になっていくのかもしれない。

とりあえずこのところは、結果的に一日一食半程度に落ちついている。これが体にどういう影響をおよぼすかは、まだわからない。それにしても、一日一食半でも体重がほとんど変らないのは不思議だ。

一日一食半スタイルにした理由

昨日は完全な一日一食だった。途中で何かを口にした記憶もない。

朝、というより午後に起床して、体重を計ってみたら、標準体重より1キロあまり減っていた。

1キロ体重が減ると、膝にかかる負担が4キロ少くなるという。はたしてどうかと歩いてみると、心なしか痛みが少い。

膝や脚の痛みを軽くする第一歩は、一般にまず減量だとされている。しかし私の場合、これ以上、体重を減らすのは良くないという気がして、減量作戦はあまりとりたくない。一日二食にすれば標準体重にもどるだろう。三食とれば1キロ増えるはずだ。

体重のコントロールは、あきれるほど簡単である。一日一食で1キロ減。一日三食で1キロ増なら、二食にすれば現状維持ということか。

しかし体重というのは、ある意味で体調のバロメーターである。勝手に増やしたり減らしたりするのは良くないはずだ。

考えたあげくに、一日一食半という折衷案に落ちついた。一食は普通にとり、どこかで軽く半食をとるという計画である。

1キロ体重が減ったことで、脚の痛みは確かに軽くなったような気がする。なにしろ4キロの荷物を抱えて歩いていたのが手ぶらになったのだから、膝への負担もそれだけ軽くなったのだろう。

それなら体重を2キロ減らすのはどうか。いっそ3キロも減らせば膝の痛みが消えうせるかもしれない。などと考えるが、無闇と体重をコントロールするのは危険である。それでなくても、私の体重は少すぎるのだから。

膝、脚部の痛みを自分で軽減するには、一般に三つのことが推奨されている。一つは体重を減らす。二つ目は歩き方を正しく矯正する。三つ目が大腿四頭筋の強化だ。さまざまな意見もあるが、当人にできる自主的な改善法としては、おおむねこの三つの方法だろう。

私の場合、体重は問題ない。二つ目の歩き方の矯正だが、これはなかなか難しい。頭部をあるべき場所にきちんとすえて、足の踵から着地する。小指の側でなく、親指のほうに荷重をかけて、足の指先で押しだすように体を移動させる。どちらかといえばO脚気味にならない歩き方だろう。うつむいて歩くのではなく、顎を引いて前方に視線を向けて歩く。一般にそういうふうに指導されるはずだ。大腿四頭筋の強化法にはいろいろあるが、なかなか長続きしないのが問題である。

何が快適かは人それぞれ

きょうは一食どころか、夜の10時すぎまで食事をしなかった。目覚めるのが夕方になったために、食事の時間がとれなかったのだ。

こういう食生活を続けていて、健康にいいわけがない。しかし、非常時に育った非常民としては、これもいたしかたないライフスタイルなのだ。

一日三食か、それとも一日一食か。

要するところその人の個性の問題にいきつくような気がする。

人は一人一人ちがう。当り前のことだ。普遍的人間が人の理想かもしれないが、現実はそうではない。

三食きちんと食べて、それで日々快調に暮らしている人は、それでいいだろう。何か問題があれば、ちがう食生活をためしてみればよいのだ。

一日一食の生活をしばらく続けて、すこぶる調子がいいという人は、そのスタイルが向いていると思えばいい。

要するに、万人に適合する生活様式などない、と考えるべきだろう。ただ難しいのは、はたしてそれが自分に向いているかどうか、という判断の基準である。

数字で示される論は説得力があるが、人は数字で存在するわけではない。自分がどの方向に向いているかを自覚することは、至難のわざである。

私自身は三食きまった時間に規則正しく食事をすることに向いていない人間だ

と感じている。

運動量が少ないせいか、それほど空腹感を意識することがないのだ。ひょっとして食べなければ食べないままに、3日間ぐらいは平気で過ごせそうな気がしている。

人間を画一的に見ることは、まちがいであると同時に、一生を動的に受けとめる必要をつよく感じる。つまり青少年期、壮年期、初老期、老成期と、それぞれにちがう生き方が必要なのだ。

上り坂と下り坂では、歩きかたがちがう。重心のかけかたも、視線の向けかたも、歩幅も、いまの現状の中で変えなければならない。個性がタテ糸なら、年齢はヨコ糸だ。壮年期の人に一日一食は向かなくても、老人にはふさわしい生活のリズムかもしれないのだ。

要するに画一的なルールなど、人間に対しては無意味だということだ。動的に、絶えず変化していく人間として、自己をみつめる必要があると思う。いずれは一日無食の日も近いのではあるまいか、などと人生百年時代を迷いつつ生きている。

養生するか、病院頼みか

ついに軍門にくだるか

「軍門にくだる」

という表現は、「敵の軍門にくだる」というふうに用いるのが正しい。

要するに白旗をかかげて全面降服することだ。この春からずっと迷っていたのだが、ようやく決心がついたところである。

何に対して白旗をかかげるかといえば、いわゆる近代医学、すなわちその代理人であるところの病院に対してである。

私は戦後七十余年、歯科は別として、病院とまったく無縁の暮らしを続けてきた。自分の体は自分で面倒をみる、という考えからのことだった。

べつに医者が嫌いとか、病院を信用していないとかいうわけではない。おおげさにいえば、近代の科学というものに対する不信感からだったといえるだろう。さらにいえば、戦後育ちの人間独特の投げやりな人生観が背後にあったのかもしれない。

まあ、無精という個人的性癖ともあいまって、よほどの事でもなければ病院にはいかない、という立場を守り続けてきたのである。

考えてみれば、交通事故にあったり、不慮の発作に見舞われたりせずに今日まででこられたのは、幸運としか言いようがないだろう。

しかし、これまで何度となく体調に異変をきたしたときも、強情を張り通して病院へはいかなかった。自分なりに工夫して、いろんな症状をやりすごしてきたのである。

ただし、養生ということに関してだけは、かなり突っこんで実践してきた。呼吸に関しても、飲食、運動、生活習慣、その他の事柄に対しても、すべてに我流のメソッドをつらぬいてきたつもりだった。安易に病院へ行かない、というのもその一つである。敗戦以後、まともな検査ひとつ受けずに今日までやってこれたことは、奇跡のようなものだろう。

しかし、人間もまた物質である。老化にともなうエントロピーは、いやおうなしに進んでくる。自分で自覚できる病変がいくつもあり、80歳をこえてからは年ごとに増えてきた。人は80歳を過ぎると8つの病いを持つ、と聞いたことがある。数えてみると、5つほどの自覚症状があった。

しかし、日常生活が不可能なほどの病変はなく、それをいいことに、病院の門をくぐることなく今日までやってきたのだ。

ところが、この数カ月、その日常生活に差しさわる問題が出来(しゅったい)して、そのことで遂(つい)に病院の軍門にくだることになりそうな状況に追いこまれたのである。そのことについて書くことにする。

左脚の痛みとの格闘

私はこれまで何度となく体の異変を体験してきた。大学に入学するとき、戦後はじめてレントゲン撮影を受けた。

「以前、なにか呼吸器関係の病気をしたことがありますか」

と、そのときたずねられた。

「いいえ」

と、答えると、担当の技師は首をかしげて、

「石灰化した跡があるけど、自然治癒したんだろうね」

と言った。

そういえば高校時代に、微熱が続き、体がだるい日がかなり長く続いたことが

ある。あの時、どこか悪かったのかもしれない、と思った。

その後も中年を過ぎるまで、いろんな体調の不良を通過してきている。その都度、運を天にまかせるつもりで、病院に行かなかった。

駄目なら駄目で仕方がない、と諦めていたのである。くしくも命ながらえて、という投げやりな感覚がどこかにあったのだ。

80歳まで、そんなふうにいいかげんな態度で過ごしてきた。投げやり、というのは病院に一切いかずに、という意味である。しかし、それなりに自分では養生につとめ、工夫もし、対処してきたつもりだった。

それで何とかなったというのは、やはり幸運としか言いようがない。ところが、80歳を過ぎた頃から、幸運では済まされないような事態が次々と起こってきた。

要するに自然の老化である。

前立腺の肥大でオシッコが不自由になるなどというのも老化現象だ。それは自然なことなので、あえて対処しようとは思わなかった。

ところが、数年前から厄介なことが起きてきた。左脚が歩くときに、しきりに痛むのである。最初は老化現象の一つだろうとたかをくくっていたのだが、時とともにひどくなってきて、最近では歩行がつらいところまで悪化してきたのだ。

左下肢の大腿部から股関節、ときにはふくらはぎまでが痛む。痛みが一カ所に固定せず、あちこち移動するのが特徴だ。跛行性歩行というのか、運動していないときは何ともない。歩くと痛むのである。右脚は全くなんともないし、たぶん坐骨神経痛みたいなものだろうと、たかをくくっていたら、次第に症状が悪化してきた。脚部のシビレ感などは全くないし、じっとしているかぎり痛みがないので、つい歩くのがおっくうになってくる。我慢しているうちに、次第に症状がひどくなってきた。

最初は単純な筋肉痛だと思っていたのだが、次第に痛みが強くなってきた。ふともものあたりから少しずつ痛みが移動する。特定の場所だけが局部的に痛むというわけではない。

脚の痛みには、いろんな原因があるらしい。

友人の一人は、数年前からずっとその症状に悩まされていて、病院にも通ったのだが、あまり効き目はなかったようだ。

「ぼくの場合は、下肢動脈閉塞症とかいうやつらしいんだよ。あれこれ薬を飲んだりしてみたんだがどうも治らない。手術で血管を移植する方法もあるそうだが、どうも手術は気がすすまなくてね」

脚部の痛みには、いくつかの原因があるときいている。脊柱管狭窄症(せきちゅうかんきょうさくしょう)とか、糖尿病からくるものとか、あれこれ健康記事などに説明してあるが、どうもピンとこない。まあ、実感からすると、神経痛の一種だろうと勝手に想像する。

現代医学は、単純な痛みや不調には無力

病院で検査をすれば、一発で原因がわかるかもしれない。しかし、原因がわかったからといって、不調が完治するわけではなさそうだ。その理由は、世の中に脚や腰の痛みで悩んでいる人たちが、無数にいるからである。

俗に腰痛患者1000万人とかいう。まさに国民病なのだが、近代医学で簡単に治せるのなら、これほど整体とか、民間療法が流行するわけがないのだ。現代の医学は、おどろくべき進歩をとげている。しかし、それにもかかわらず、単純な痛みや、むくみ、その他の不調に関しては、ほとんど無力といっていい。先端医学は信じられないほどの進歩をとげているにもかかわらず、日常的な体調不良に関しては、ほとんど無力である。単純素朴な考えかたであるが、医学とは痛み

から人を解放するものではないのか。

私の身のまわりにも、足のむくみや、腰痛や、片頭痛その他の素朴な症状で悩んでいる人が無数にいるのだ。がんばかりが人間の病気ではない。

深夜のテレビや、夕刊紙などを見ていると、いわゆるサプリメントや、体調不良に効くという薬品の広告が圧倒的だ。高齢者のほとんどが、膝が痛いの、腰が痛いのと、日常的な不調を抱えて生きているのに、なぜ近代医学は単純素朴な人びとの痛みに無力なのだろう。私が病院を嫌ってきた原因の一つは、その辺にもあった。日常生活の不便をほとんど相手にしない医学に、深い不信感を抱きつづけてきたのである。

体は「治す」のではなく「治める」

自分の体は自分で治す。治すのではなく、治める。それをモットーにして戦後70年を生きてきた。日常の生活の中で、ありとあらゆる自発的な工夫をこらして、それが効果があったかどうかはさだかではないが、とりあえず今日まで病院のお世話にならずに過ごしてきたのである。

この期におよんで、病院の軍門にくだるのは情けないが、老化だけは防ぎようがない。いわゆる民間療法も、慢性的な体の痛みについては、必ずしも治療のめどはつきにくいようだ。株と同じで、もうかった人の話はよく聞くが、損をした話はあまり耳にしない。本人も恥ずかしいだろうし、関係者も口をとざす場合が多い。

あれをしたらすごく効いた、ウソのように楽になった、などという話は、しょっちゅう耳にする。しかし、全然、効果がなかったという記事や実話はあまり表に出てこないものなのだ。

ことに生命にかかわる大病とちがって、あそこが痛い、ここが不自由だ、といったケースは、大半が納得のいかないままあちこちの治療院を渡り歩いているケースが多い。

すぐに命の危機に直結しない体調不良だからこそ、重大問題なのである。

医学は日進月歩どころか、分進秒歩といっていいくらいに激しく進歩する。昨日の治療法が、今日は完全否定されることも少くない。

これまでの常識が一挙に引っくり返るのが医学の世界だ。進歩とは、それまでの治療法への反省から生まれる。

近藤医師のがん早期発見無用論には一理あると思う。しかし二理、三理が足りないような気もしないではない。その人間の年齢と思想が問題なのだ。人間一般などというものはない。人は一人一人ちがう。年齢や世代によって正しい理論と、当てはまらない真理がある。20歳の患者と、50歳の患者と、80歳、90歳の患者が同じであるわけがない。人間一般などという立場に立って医療を考えるのはナンセンスというべきだろう。

自分の体に正しい関心をもつ

これまで戦後70年間、さまざまな身体的不調に悩まされてきた。決して健康に恵まれたわけではなかったのだ。

しかし、その都度、なんとか病院のお世話にならずに切り抜けてきたのは、幸運としか言いようがない。

それは承知している。しかし、アヒルの水かき的な日常の努力も重ねてきたのだ。厄介な病気におそわれないように、日頃の養生につとめてきたことも事実である。

世の中のほとんどの人は、自分の体というものに正しい関心をもたない。たとえば呼吸ひとつにしても、無意識に息をしている人が大半だろう。

食事の栄養バランスに配慮する人は少なくないが、ちゃんと正しく噛んでいるのかどうかは疑わしい。古人は、水さえも噛んで飲むようにと言っている。

腹八分といえば、子供も老人も腹八分などと考えるのはナンセンスだ。風呂の温度は42度、という。神が与えた温度、などと言う医師もいた。冗談ではない。当人の年齢、その日の気温、そして体調や、状況や、さまざまな条件でもって適温は変る。

また子供から大人まで、老人から病人まで、売薬の適量が一定であるわけがない。それを13歳以上、とか以下とか二分して服用させるなどというのは非常識としか言いようがないだろう。

天上天下唯我独尊。

人間は74億人が一人ひとりちがう。それぞれが別人なのだ。しかし現在の社会は、万人をひとくくりにして指示をあたえる。それが便利だからであり、唯一無二の個人などにかかわっていては商売にならないからだ。

病気を治すのではない。

病人を治すのだ。それも、治すとは本来不可能なことではないのか。治(おさ)めるだけでもすごいことなのである。

老化は治せるか。

死は防げるか。

老化をおくらせることは可能だ、と科学者は考えるだろう。しかしそれも限度がある。さらに精神の老化は防げるのか。感情の乾きを科学でいやせるのか。人生に区切りをつける覚悟を、新薬であたえられるのか。などなど、人が聞いたらナンセンスと思われそうな考えが頭の中を去来する。

しかし、痛みは現実である。それをなんとかしてもらえるのなら悪魔の軍門にでもくだってもよい。現在はそんな心境だ。これから先のなり行きは、いずれまた御報告することとしよう。

風邪を上手に引くのは難しい

ひどい風邪を引いてしまった。喉風邪とでもいうのだろうか。声がガラガラになって、喉が痛む。咳が出る。念のために体温を計ってみたら38度5分以上ある。体がだるい。

数日前から喉の調子が変だった。それを押して講演にいき、1時間半しゃべった。その晩から覿面(てきめん)に具合が悪くなった。

鼻水がだらだら出るし、喉に痰(たん)もからむ。体がだるく、頭も痛い。

それでも原稿の締切りは待ってくれない。こういうことは物書き商売にはめずらしい事ではない。本人の体調など関係ないのだ。鼻水を流しながら机に向かっている。

野口整体で有名な野口晴哉(のぐちはるちか)師は、どこかでゴホンといったら喜べ、といっていた。風邪と下痢は体の大掃除。崩れた体の調整が行われようとしているという考え方である。

「風邪も引けないような体になるな」

とも野口師は言っていた。

風邪は崩れかかった身体の調整である。だから、上手に風邪を引き終えたら、その前よりはるかに体調は良くなっているはずだ、と。

ここで難しいのは、上手に風邪を引き終える、ということだ。1週間も2週間も長引かせては良くない。サッと引いて、サッとパスするのが良いという。

たしかにこのところ相当に無理を続けていた。急に夏日になって、体が反応したのだろうか。

上手に引けば、一日、いや半日で通過することができるという。しかし、それは達人の域に達した人だからできることで、私どもにはとてもそうはいかない。ゴホンゴホンと咳をしながら机に向かっている。

若い頃も、片頭痛やいろんな症状が出て、悩まされたことがあった。そんな時、きまったように正岡子規の『病牀六尺』を出してきて読んだ。子規の苦しみにくらべれば、これくらい何でもないじゃないか、と自分をはげましたものである。

それにしても、病気は苦しい。医学の目的は、人の命を救うことではない、と私は思っている。病の苦しさ、痛みから人を解放させることだ。

人間の一生など宇宙の深淵（しんえん）にくらべれば、吹けばとぶようなものである。その一生を苦痛のうちに終えることほど非人道的なことはない。

10年苦しみながら生きることと、5年痛みから解放されて生きることのどちらかを選択せよと言われたら、私はためらわずに5年生きるほうを選ぶ。さて、今度の風邪はどのような経過をたどるのだろうか。楽しみである。

あの親鸞でさえも、「ちょっと具合いが悪いと、このまま死ぬのではないかと不安だ」と言っている。

体調が悪くても、若いあいだはそれほど気にならないものだ。まだまだ先がある、と思いこんでいるせいだろう。しかし、ある年齢を過ぎると、見える風景がちがってくる。ひょっとして、このまま肺炎でもおこしてオサラバするんじゃないか、などと考えてしまうのだ。

それにしても、どうも最近、肺炎が多い。それも誤嚥性肺炎が多数を占めると聞いて、できるだけ誤嚥しないようにと心がけているのだが、生来のせっかち性のせいで、ときどきはっとすることがある。

加齢による不自由さというか、非人間的なプレッシャーは相当なものだ。それは箇々(ここ)にとりあげるまでもなく、全人格的な問題である。

かつて武将、山中鹿介(しかのすけ)は「われに七難八苦をあたえ給え」と祈願したという。鹿之介がいくつの時の話だか知らないが、冗談も休み休み言えというものだ。歳をとれば七難八苦どころか百難百苦がおのずとやってくるのだ。そのことはまだ本当には世に知られてはいない。

ひどかった風邪のトリガーは

先週からの風邪が、まだ抜けない。熱は下がったものの、痰が喉にからんでゴホン、ゴホンと咳が出る。

どうやら短期風邪パス作戦は失敗したかのようだ。1週間も続く風邪は、悪い風邪にきまっている。

今度の風邪の原因について、いろいろ考えてみた。体調の崩れは当然だろう。生活のリズム、食事や睡眠の乱れ、仕事のしすぎ、とかいろいろ考えられる問題は少くない。

それらが重複して風邪を引いたのだろうが、そのトリガーとなったのは何だろう。

レストランで食事をしていて、はたと気づいた。冷房の風の冷たさに首をすくめた瞬間である。

(あ、これだな)

と、直感的に思った。食堂でもカフェでも、打ち合わせの場所でも、このところ強い冷房の風にさらされない時はない。

できるだけ直接にエアコンの風のこない場所をと探すのだが、これがなかなか見つからないのである。

暑い屋外から入った時は、一瞬だけほっとする。しかし、それも一瞬だ。冷風を当てられっぱなしでは、体のほうが悲鳴をあげはじめる。個人の性格や体質ではない。加齢した人間は寒さに弱いのだ。

ふだんから上衣を用意して夏を過ごすのも、効きすぎエアコンへの防御策である。本当ならマフラーでも持って歩くべきなのかもしれない。

エアコンの寒風に困惑している人たちを少からずみかけるが、店のほうでは冷気もサービスのつもりなのか、強力な寒風を平気で送ってくる。店の人たちは上衣を着ているし、それに絶えず忙しそうに働き続けているから、エアコンは効いているほうが有難いにちがいない。キッチンの人たちは言わずもがなだ。

またホテルなどでは、全館冷房のシステムらしく、その部屋だけを温度調整することが難しいらしい。

かくて冷夏の恐怖にさらされつつ、ひと夏を過ごすこととなるのだ。

思うに今回の風邪は、冷房の風にさらされて慄(ふる)え続けた体の拒否反応ではないだろうか。そういえば毎年、夏のシーズンの始まりに風邪を引いていることに気づく。

明日からは忘れずにストールを持ち歩くことにしようと心に決めた。周囲の若い人たちに笑われようとも、なんとか寒風をガードしなければ。

生涯現役も大変だ

鼻水が垂れはじめて今日で1週間目である。熱もさがったし、咳もおさまったのだが、いまひとつすっきりしない。やはり風邪のコントロールに失敗したらしい。

失敗といっても、対応を怠けたわけではない。早くからきまっていたスケジュールをキャンセルできずに、無理を重ねただけだ。これは体に負担をかけすぎだな、と思っても仕事は仕事である。あえて強行せざるをえない場面もある。

その結果、病状を悪化させてしまうのだから、これはもう仕方のないことなのだ。

世間に生きるとは、そういうことである。高齢者だからといって、甘えるわけにはいかない。生涯現役などと言っても、実行するのは至難のわざだ。キッパリ退役するか、決死の覚悟で前線に出るしかないのである。

夜中に何度も目覚めて、汗で濡れた下着を替える。トイレが近くなるのを承知で、水分を補給する。

健常状態を維持しようとすると大変だ。加齢によるハンディキャップを自力で克服するしかないのである。

睡眠リズムについての考察

このところ睡眠のリズムが大幅に狂ってしまって、どうにもならない。

昨年くらいまでは、ほぼ一定のリズムでやってきたのだ。一定のリズムといっても、私の場合は世間の常識からすると、とんでもない生活である。

夕方から打ち合わせが数時間つづく。そして9時か10時頃に食事をする。これが朝食というか、その日の最初の食事だ。

12時（午前零時）ごろから原稿を書きはじめる。机に向かって5、6時間、脇目もふらず原稿用紙とにらめっこだ。

思いがけず仕事がはかどる時もあり、そうでない時もある。腕組みしたまま机の前で固まってしまって、一行も書けない時もあるのだから困ってしまう。

とりあえず朝の6時頃までは集中して執筆。それから風呂にはいったり、夜食をつまんだりして午前7時には就寝。

そして午後2時か3時に起床、というのが、これまでの私のライフスタイルだった。こうして50年あまり物書き稼業をいとなんできたのだ。

ところが、最近、それが大幅に狂いはじめた。原稿書きのほうは、ほぼ6時前後には終る。それから後のベッドインまでが異常なのだ。

風呂の中で本や雑誌を読むくせがついて、これが時には1時間、2時間と超長風呂になってしまった。40度ほどのぬる目の湯だから、湯当りするということはない。バスタブのふちに2、3冊の本を重ねて、その時の気分でチョイスする。

就寝前の頭休めに、と最近はやりのミステリーなどを読んでいると、途中でやめることができない。といって固い本だと一進一退、いつまでたっても湯からあがれなくなってしまう。

　というわけで、牛乳を飲んだり、ヨーグルトを食べたりしながら、あっという間に8時、9時になってしまうのだ。

　それからベッドにはいって、電気を消して眠りが訪れてくるのが30分か1時間あと。

　そして就寝中にトイレに3度は起きる。加齢による自然の結果で、特に前立腺がどうのこうのというわけではない。

　結局、いちばん深い眠りが訪れてくるのが午後3時から4時までのあたりだ。そして目を覚ますのが、夕方の5時、6時という有様。

　いくらなんでも、ここまで昼夜逆転してしまうと、さまざまな生活上の不便が生じてくる。なんとかしなければ、と目下、考慮中というわけだ。

変拍子でどう眠るか

世の中にはいろんなタイプの人がいる。こと眠りに関しても千差万別だ。

横になったら10秒で大イビキという友人がいた。

「眠れないって、どういうこと？」

と、本気で不思議そうな顔をする。別にこちらをからかっているわけではない。本当に瞬眠不覚暁（しゅんみんあかつきをおぼえず）なのだ。眠りが訪れてくるのをベッドで輾転（てんてん）としながら待つ不眠族の気持ちは、彼らにはわからない。

眠れぬままに文庫本などを読みだす。30分だけのつもりが1時間になり、適当にやめるつもりが完読する破目になったりで、活字もまた睡眠の敵である。

テレビ番組を視（み）る、古いＤＶＤをとりだして視る。頭休めのつもりが脳が活性化するばかり。睡眠導入剤も習慣になるといやだし、アルコールも安眠をさまたげるというし、枕元の目覚し時計のベルを何度も変更しながら暗い中で目覚めている。

「眠れなきゃ眠らなくていいんだよ」

と、笑いとばす人もいる。

「必要な眠りは、どこかで取ってるんだから。眠ろう眠ろうとするから、かえって眠れないんだ。3日、4日、眠らなくったって何とかやっていけるさ。その内、必死で眠りたくなるから」

そう言われても睡眠不足でフラフラしながら一日を過ごすのはつらい。

しかし私の場合は、どうやら病的な不眠ではなさそうである。思うに眠れない族の大半が、じつは同じようなタイプではあるまいか。

まず、生活が不規則である。いわゆる日常生活のリズムが確立されていないのだ。しかし、これはもう仕方がない。ものを考えたり、創ったり、アイデアを練ったりする仕事は想像力を刺戟(しげき)することで成立する。いわば四六時中、常に仕事モードなのだ。

公務員や会社員、などと言ったら叱られるだろう。世間から固い職業と思われている人たちも、実は同じことなのだ。働くことは一定のリズムを保証してくれるわけではないのである。一定のリズムといっても、世の中が常に揺れ動いているのだから、人里離れた山寺で坐禅(ざぜん)を組んでいるような暮らしは、そもそも無理なのだ。

となると、まず一年を通して規則正しいリズムで生活する、というのは現実的な不眠対策ではありえないということになる。ツービート、フォービートの暮らしはできない。そうなると、問題は変拍子(へんびょうし)の中で、どう眠るかということだろう。

コーヒーと死亡リスクと頻尿問題

「イツキさんは、一日にコーヒーを何杯ぐらい飲むんですか」

と、若い編集者にきかれた。

「さあ、どうだろうなあ。2、3杯、いや、時には4杯ぐらい飲む日もあるかもしれない。平均して3杯ってとこだろうか」

「うーん、3杯ねえ。コーヒーってのはカフェインですよね。一日3杯ですと、摂取するカフェインの量もそこそこだし、べつに不眠の原因とは考えられないけど」

「先日、ある有名人のインタヴュー記事で、よく眠るために夕方6時以降はカフェインのはいったものは一切飲まないと言ってる人がいた。緑茶も控えるというから徹底してる。そこまではなあ」

「せめて夜中にコーヒーを飲むことを制限されてはどうですか」

たしかにカフェインは問題かもしれない。カフェインは心臓を刺激して不整脈を起こしやすくする、などという説もある。しかし、最近は風向きが変ってきて、なんとなくコーヒー善玉説が妙に目につくようになってきた。日刊ゲンダイの連載コラム『医者も知らない医学の新常識』では、こんな記事がのっていた。

〈(前略) 2012年に45万人以上の健康調査でコーヒーの体への影響を調べた研究があります。「コーヒーをたくさん飲む人の方が、10%くらい総死亡のリスクが低下した (長生きだった)」という結果でした〉

さらにこんな文章が続く。

〈さらに、今年に入りアメリカの国立がん研究所から新しい調査が発表されました。今度は人種ごとにコーヒーの寿命への影響をみたものですが、ハワイの先住民を除いては、人種の差はなくコーヒーをたくさん飲むほど死亡リスクは低下していました。一方で「1日3杯を超えるコーヒーを常用していると、認知症の危険性が増加する」という報告もありますから、たくさん飲めば飲むほど良いということはなさそうです。また、心臓の病気のある方は、カフェインの悪影響も予想されますから、「ほどほどのコーヒーは健康に良い」というくらいに考えておくのが安全であるようです〉

この記事もどちらかといえばコーヒーに好意的なような感じがする。数年前まではコーヒーは要警戒の飲料だったことを考えると、ずいぶん世の中がコーヒーに関して好意的になったものだ。陰謀論者だと、すぐにコーヒー業界や生産国のマスコミ操作だと言いだしかねない変化である。

高齢者の安眠を阻害している原因の一つが、いわゆる頻尿(ひんにょう)である。

夜中に何度も目が覚める。そのたびにトイレに立つ。すぐにまた眠りにつければ、大した問題ではないが、これがなかなかすんなり眠れない。輾転として、やっと眠りが訪れてきたと思ったら、また尿意をもよおす。

まあ、一晩に2、3回くらいなら、「年のせい」で納得がいくが、5回、6回となるとどうにもならない。

年をとるとおおむね前立腺に肥大現象がおこることは、周知の事実だ。病的な肥大はともかく、ほとんどの男性はこの現象から逃れることができない。

一度、眠りについたら高いびき、朝までぐっすり眠れるという高齢者も、いないわけではない。そういう人は、まれな幸運老人と言うべきだろう。

BSやCSのテレビ番組などでは、くり返しそれらの病状に対する薬品のCMが流れている。最近の新聞の一ページ広告にも、その手のものが多い。

もし現代医学がこういう症状に対して有効な処置を講じることができるのであれば、これほどの広告の出稿量はありえないのではないか。勿論(もちろん)、それほどの高齢者でなければ、手術やホルモン療法、その他の有効な対策は当然あるのだが、前立腺がんでさえも高齢者は見送るというか、放置するのが常識とされているのが現実だ。

私も80歳をこえてから、就寝中に2度、3度と目覚めるようになった。その都度、起きだしてトイレに通う。最近では2、3度ではすまなくなってきた。多いときは4回から5回、目が覚める。レム睡眠とかなんとかいう問題ではない。トイレに行ってベッドにもどると、二、三十分は再び眠りが訪れてこないのである。

なかなか寝つけない上に、やっと眠りについたと思えば、すぐに目が覚める。膀胱(ぼうこう)活動の過敏症かなにか知らないけれども、もし確実にそれが治療できるなら、外国の病院まで飛行機で通院してもいいくらいだ。

晩年をどう生きるかは、心の問題であると同時にフィジカルな問題である。なし崩しに押し寄せてくるさまざまな体調の変化は、老いの哲学を超えた大問題なのだ。

寝つけない。眠りが持続しない。深く眠れない。そんな問題を抱えて、きょうも眠れない夜を迎えるのだから。

眠れない夜に悩んだら

眠れない夜のために悩んでいるかたがたに、こんなユニークな意見をご紹介しよう。

高齢者が眠りが浅いのは当然だ。それと同時に、眠りすぎというのも不眠の大きな原因になる、という説である。

そもそも8時間も7時間半も眠ろうというのが間違っている。人の睡眠時間は、5時間もあれば十分だというのである。

なるほど。

考えてみると私も、睡眠時間8時間という常識にとらわれていた一人である。5時間から6時間でいいと割り切ってしまえば、意外に不眠から解放される可能性があるのかもしれない。

たしかに世の中のお母さんがたは、5、6時間どころか、4時間ほどの睡眠でがんばっていらっしゃる向きも少くない。昔の日本人は早起きだったし、8時間眠るなどというのは怠け者の典型ではなかったか。

どんなに眠くても、5、6時間で起きると決める。目覚しを2台くらいセットして、ベルが鳴ると必死でベッドから出る。それを1週間も続けると、見事に不眠から解放されるのではあるまいか。

と、いうわけで、目覚しをセットしてベッドに入ったら、意外にすんなりと眠りにはいることができた。

問題は朝である。目覚しのベルが鳴ると、無意識のうちに止めてしまうのだ。これでは意味がないと、若い友人に頼んで電話をかけてもらうことにした。

電話が鳴る。

「はい、はい」

「時間ですよ。起きましょう」

「うん。どうもありがとう。それじゃ」

それじゃ、と言いつつベッドの中にもぐりこむ。結局、たっぷり眠って目を覚ましたときには予定を数時間も過ぎている。

しかし、人間は8時間も眠る必要はないのだ、と固く心に決めることは、たしかに不眠を克服する有効な手段かもしれない。

きょうは野暮用があって、午後2時に起きた。ほぼ6時間ほど眠っている。これで十分と自分に言いきかせて外出したが、やはりどこか眠り足りない感じがあ

って、

「どうしました？　元気がないですね」

と、言われてしまった。仕事場へもどって、早速、ベッドにもぐりこんで3時間ほど仮眠してしまう。これではなかなか寝つけないわけだ。さて、どうなりますことやら。

「身体語」を聴くということ

養生は「身体語」をマスターすることから

治療より養生。健康を考える上でのキーワードは養生であると私は信じ、実践してきた。

治療という考え方には、人間は本来、調和のとれた理想的な体をもって生まれてきたという感覚がある。異常が生じたら故障を直すかのように治療を行い、治療が終われば再びもとどおりに動き出す、といった考えだ。燃料さえ補給してやれば快調に動くのが当り前、といった感覚である。

私の人間観はそうではない。人間は生まれた日からこわれていく。老いるとは、そういうことだ。そこを少しでもよいコンディションを保ち、故障しないように工夫するのが養生ということだろう。

養生の第一歩は、体が発する信号（「身体語」）を的確に受けとることである。耳をすまして体の声を聴く。

大切な人に対するように心を開いて体に接すると、体もおしゃべりになってくる。その声は言葉のかたちをとらなくても、伝えようとしている内容は理解できるだろう。

「腹が減った」「喉が渇いた」というのは、もっともわかりやすい体の声だ。「疲れた」「肌寒い」「熱っぽい」「吐き気がする」「痛い」など、わかりやすく大事な声もある。

「肩がこる」「胃がもたれる」「食欲がない」「体がだるい」なども、初歩的なメッセージだろう。体は実に数限りない表現で私たちに語りかけている。英会話を勉強するのも悪くはないが、この「身体語」をマスターすることが現代人にとって大切なことではないだろうか。

養生の第一歩は、体が発するメッセージを的確に受けとることなのだ。

片頭痛を治めようとした話

私は30年ほど前まで、習慣的に片頭痛（へんずつう）に悩まされ続けていた。ひと月に二度か三度、ひどいときには毎週、猛烈な片頭痛におそわれるのが常だったのである。いったんこじらせてしまうと、手のつけようがなかった。発熱と吐き気、痛みの発作のために体をエビのように曲げて、うなり声をあげる有様だった。鎮痛剤を飲めば吐いてしまう。吐くものがなくなっても、胃が痙攣（けいれん）して黄色い液があふれてくる。そういう状態に、毎月なんどもおそわれるのだからたまらない。

なんとかしてこの片頭痛を治めたい、と真剣に考えた。そして体の発する声なき声に耳を傾けることに、全神経を集中するようにつとめた。そんな努力がむくわれたのか、やがていろいろなことに気づくようになってきた。

片頭痛の起きる5、6時間ほど前に、ある予兆のような感覚が訪れてくることがわかってきたのだ。

たとえば、上まぶたがなんとなく重く感じられる。実際、鏡を見ると、たしかに上まぶたが垂れて、目が細くなっていることに気づく。

また、なんとなく口の中の唾液がねばつくように感じられたりもする。手足がリズミカルに動かない。操り人形のようにぎくしゃくした動作になっているのがわかる。

ふだん履きなれている靴が、なんとなくゆるく感じられることもあった。逆に、ワイシャツの襟もとが、妙にきゅうくつに思われたりもする。手足が冷えているのに、首筋や額が熱っぽい。

そういう兆候をほうっておくと、そのうち頭の奥に、鈍い痛みが感じられてくる。最初のうちは痛みというよりも、頭重といったほうがいい感覚だ。それは次第に側頭部の血管の拍動に変ってくる。その辺から片頭痛までは、あっという間のことである。

片頭痛がやってくる少し前に、きまったパターンの信号が発せられることがわかったのは大きな進歩だった。避けることはできなくとも、心の用意と準備はすることができる。

体験的に対処法はいろいろ心得ていた。

たとえば、そういう予兆のあったときには風呂に入らない。またアルコールは飲まないようにする。できれば睡眠もたっぷりとる。無理な仕事はひかえて、早めにスケジュールを調整しておく。

そのほか、脂っぽいものは食べないとか、赤ワインは口にしないとか、私個人の体験的な対策はいろいろだ。

その根拠を医学的に説明することはできない。しかし、自分の体験と直感は理論的な証明よりも大事である。一般の人にどうであろうとも、また理論的にどうであろうとも、自分にとってどうか、ということが問題なのである。

養生は自己との対話

人間は百人百様だ。顔や性格や体型がちがうように、それぞれちがう。人類としての共通項や、学問的な普遍性とはべつに、一人ひとりが地上における唯一の存在であり、私にとってどうかということが絶対なのだ。

医学も法律も教育も、人間を普遍的な同一の存在とみなすところから出発する。そうしなければ社会が成り立たないからだ。

しかし、自分があの人とちがう、この人ともちがうという立場は、世間にはあまり通用しない。病気の治療にしてもそうだ。医師の卵が学校で教えられる医療の理論と方法は、「人間はみな同じである」という立場の上に成り立っているのである。

しかし、養生というのは自分対社会の問題ではない。それはとことん自己と自己との関係である。ほかの一万人に効果があったとしても、自分に合わないと感じれば迷うことなく投げ捨てるしかない。

しかし、この「感じる」ということほど難しいものはない。私たちは自分の感じ方を率直に受けとめるには、あまりに多くの情報や知識にとりかこまれ、がんじがらめになっているからだ。

体の言葉を正しく感じたのに、それを無視する。そんなはずはない、と自分の感覚を否定する。そこでブレーキをかけるのは、いわゆる常識であり、専門家の意見であり、毎日のように流れこんでくるマスコミの情報である。

片頭痛と低気圧の関係を体感して

話を片頭痛の例にもどそう。

私が、発作の前に起きるさまざまな兆候に気づくようになったことは、大きな進歩だった。そして、さらに新しい援軍をえたのは、自分の身体と自然との関係に気づいたことだった。

先にあげた片頭痛のシグナルは、どんなときに起きるのか。過密なスケジュールも原因だ。暴飲暴食や睡眠不足や、厄介な問題を抱えて文字どおり頭が痛いというケースもある。その他さまざまな理由によって体のバランスが崩れてきているのも原因だったにちがいない。

しかし、そういった問題の自覚がないにもかかわらず、片頭痛の不吉な兆候は訪れてくることがあった。それが自分の身体との深いかかわりの証(あか)しであることに気づいたのは、ドイツのアウトバーンを百数十キロのスピードで走っていた時のことだった。

いっしょに乗っていたガイド役のドイツ人学生が、車の音楽をラジオにきりかえて耳を傾けていたが、やがて私にスピードを落とすようにと言ったのだ。さっきまで、「もっと飛ばせ」と、くり返しけしかけていた相手がである。

けげんそうな私の顔を見て、彼は言った。

「ハイウェイの交通ニュースが、大きな低気圧の谷が近づいてきていて気圧が下がっているから、スピードを八十キロにおさえるようにと警告を発したんだよ」

なぜ低気圧がくるとスピードを落とさないといけないのかというと、「ドライバーの心身機能が低下し、反射神経や視神経もふだんよりにぶくなるから」だと言う。

そのときから私は、いつも天気図に注意をして、前線や気圧の谷の動きを丹念に観察するようになった。そして自分の片頭痛の予兆と低気圧とが、不思議なほど連動していることに気づいたのだ。

よく雨の日に頭が重い、という人がいる。

しかし、本当は頭痛や頭が重くなるのは、雨が降っているときではない。気圧が下がって、雨が近づいてきたときがターニングポイントだ。

私の場合は、低気圧が実際にやってきてから兆候が出るのではなく、気圧が低気圧に変わろうとする、その変化点で頭痛の予兆があらわれてくる。

空は晴れている。気持ちのいい朝だ。それなのに、なぜかかすかに感じるものがある。そんなとき、最初は自分の目に見える青空や、爽やかな景色にだまされて、そんなはずない、自分の思いすごしだ、こんな気持ちのいい朝ではないか、と自分で自分をおさえこんでいたのだった。

しかし、体感したことは常に正確だった。2、3時間のうちに青空は灰色に変り、つよい風が吹きはじめる。そのときはすでに激しい片頭痛の最中だ。内なる体の声を、目に見える外界の情報で押しつぶしていたのである。見える景色にだまされていたのだ。

座標軸は身体の声

そんな失敗をくり返すうちに、私の姿勢はしだいに固まってきた。外部からの情報や、あらゆる常識、そして予備知識などを無視して、この自分の身体からの言葉だけを信じる、という姿勢である。

それは一見、非常識とも見える態度かもしれない。あまりに偏った姿勢と笑われるかもしれない。しかし、私はそう決断したのだ。もし、そのことが原因で大きな失敗をしたとしても、それは自分で選択した道だ、決して後悔などしない、と。

情報も知識も、すべて他人から伝えられるものである。それにすがって失敗する確率は50パーセントぐらいはありそうだ。

もし、かたくなに自分の直感のみを信じてまちがうとしても、その確率は似たようなものだろう。どうせ50パーセントまちがうなら、自分の決めた道をすすんで失敗したほうがすっきりする。

高気圧から低気圧へ変化する、そのポイントが要注意、と納得してからは、予兆の察知も、頭痛の発作に対する準備も、格段の進歩をとげた実感があった。あらかじめそれにそなえて、生活をコントロールするすべも身についてきた。

いま私はほとんど片頭痛に悩まされることのない毎日を送っている。この30年あまり、ずっと発作をおこしたことがない。
しかし、このことを「片頭痛を治した」とか「片頭痛を克服した」などとはまったく考えていない。とりあえず「治めた」だけにすぎない。私のなかにある片頭痛の体質を、なんとか養生によって表に出さないようつとめているだけのことである。

ときどきそのことを忘れて、傲慢になりそうになることがある。人間というものは、どうにも困ったものなのだ。そんなとき、心の中で「人間は生まれながらにして病んでいる」と、つぶやく。そのことで自分の心を引きしめて、養生の大事さを思い返すのである。

健康法には正反対の意見が常にあると心得る

身体語を習得していないと、いまの時代はとても不安だ。それは一つに情報過多ということがある。とくに健康法、養生法については、人をまどわすようなものが氾濫（はんらん）している。

たとえば、先にも書いたが、水に関する意見には正反対のものがある。毎日2リットルの水を飲みなさい、そうすれば血液がさらさらになって、脳血栓の予防になるという説が、有名な俳優さんの体験談入りで紹介されている。それに対して、東洋医学を研究したお医者さんからは、いや、それは身体を冷やして、水毒（すいどく）をためるだけだからだめだと異論が出る。

いったいどっちが本当なのかと混乱してしまう。私は体験的に、生水をたくさん飲むと、具合が悪くなってくる。

中国医学では、日本人はたくさん水を飲んではいけないといわれているそうだ。水をたくさん飲んだほうがいいのは、乾燥した黄土地帯に住んでいる人たちで、湿度の高い日本の人たちは必要以上に水を摂取するとよくないといっているのだ。その上、食生活でも、味噌汁だのお茶だのと、しょっちゅう水分をとっている日本人にとって、多くの病気の原因は水毒だという。

流行りのサプリメントでも、適当にとり入れて快適に過ごそうという人もいれば、いや、サプリメントは製造過程で化学的処理がされるから、有害であるという人もいる。

生野菜や運動に関しても、正反対の意見が叫ばれている。しかも、両サイドとも発言者は医学博士で、その分野の権威者だったりする。そうすると、我々はどっちが本当なのかわからなくなってしまうのだ。

私はそんなとき、やはり自分の身体語のささやきに従うようにしている。単なる直感やインスピレーションではなく、いま自分が気になっている症状について西洋医学から東洋医学、民間療法に至るまで、勉強してみる。そして最後は自分の身体語を聴いて、自分で決めるしかない。自分の身体の直感にしたがって、行動し、責任をとる、たとえ、まちがって失敗したら、それはそれで自己責任である。

腰痛が教えてくれたこと

腰痛も老化の一種である。二足直立歩行をはじめた動物の宿命でもある。したがって腰痛は治らない。それが治ったように見えるのは、ただ引っ込んでおとなしくしているだけのことだ。腰に負担をかけすぎたり、心に悪いストレスを抱えすぎたりすれば、すぐにふたたび顔を出す。

私も長年、悩まされてきたが、なだめすかしておとなしくなってもらおうと考え、いろいろ工夫をしてみた。そうして発見した腰が楽な歩きかたが、能役者のような足の運びである。

足のつま先を上げ、足の裏を地面からあまり離さずに平行に移動し、踵（かかと）から着地する。足の裏を離さないといっても、いわゆるすり足とは違う。こうして歩くようになってだいぶ楽になった。

しかし、しばらく歩いているうちに、脚や足の裏よりも大事なのは、やはり腰だということに気がついた。どんなふうに歩こうと、やはり腰が定まっていなければ痛みはとれない。

腰をすえて、能役者ふうに歩く。腰をすえるというのが、最後の決め手であると納得する。

ではしっかり腰をすえるにはどうすればよいか。

腰をすえるというのは、腰を「落とす」ということではない。むしろ、腰を「入れる」という感じで、体全体の重心をそこに集中するのである。そのためには、軽く吸い込んだ息を下腹部に押しこむような感覚で、下腹部に力をためこみ、ヘソ下三寸（指の幅3本分のところ）にグッと気合いを入れる。

下腹部に体の重心を置くというのは、インドや古代中国で紀元前からすでにいわれていることである。養生法としてはもちろん、座禅や武術、茶道から芸能の世界まで、腰をすえる技術が追求されてきた。

その技法は、やがて一つの思想、哲学にまで発展していく。

腰をすえる自分なりの方法

下腹部のヘソ下三寸は、「臍下丹田（せいかたんでん）」と呼ばれている。「臍下」は文字どおりヘソの下、「丹田」はもっとも貴重なものの宿るところという意味だろう。ここから下腹部に意識を集中して行う呼吸が、腹式呼吸、丹田呼吸である。

同じ場所のことを「気海」とも呼び、「気海丹田」ともいう。ともあれ、この部分に人間の中心を意識するというのは、東洋の思想である。この臍下丹田、つまり下腹部に力を集中するのが、腰をすえるためのもっとも大事なコツだ。

臍下丹田に重心をすえることについては、古くからいろいろなことが言われてきた。しかし、生まれつき無精者の私は、あまり面倒なことを教えられるといやになってしまう。真に重要なことは簡単にはできない。それはわかっているが、簡単で具体的なアドバイスが欲しくなる。

12世紀に浄土宗を日本で広めた法然は、「易行」ということをとなえた。「難行」の反対で、やさしくやれるということだ。厳しい修行や多くの戒律を守らなくても、念仏さえとなえれば必ず救われるという、大胆不敵な主張である。

これまで、死ねばどうせ地獄に落ちるとあきらめていた一般庶民は、歓喜して法然のもとに集まった。当然、既成の教団からの反撥は大きく、ついには弟子の親鸞などとともに都を追われてしまう。

しかし、やさしく行う信心、「易行」という宗教思想は、広く人々のあいだに根づき、易行念仏という信仰は、時代を超えて大きく成長していった。

さて、腰痛の対処法に話をもどそう。

臍下丹田に重心をすえる、つまり腰をすえるにはどうするか。簡単な方法は、まず肛門を締めることだ。肛門を締めるということは、あらゆる養生法や呼吸法で言い尽くされているが、いざやってみると、これが案外難しい。

それでも、一瞬グッと引き締める練習をくり返していれば、次第に慣れてくる。肛門を引き締めたら、すぐに下腹部に腹圧をかける。このとき大事なことは、下腹部をやや前方にスライドさせるような感じでゆるめておくことだ。そこに押しこむようなつもりで、腹圧をかける。

私はみぞおちから胃のあたりを引き締め、腹をあおるようにして息を押しこむ。

腹部を波打たせるように、ヘソから下にグッと力を入れるのだ。

するど、下腹部から腰の左右にかけて強い張りが出てくるのがわかる。筋肉の表面が固くなるのではなく、下腹部の1、2センチほど内側のあたりにベルトをしたような緊張感が生じる。

この張りがつくれたら、腰痛がある程度、軽くなる。立ち上がるときも歩くときも、なんとか我慢できる。この張りを持続させたいのだが、ふっと気を抜くと体がグニャグニャになって腰痛がもどってくる。

腰がすわると歩きかたも軽くならず、重く、滑るようになる。下半身に重心がかかっていることが、腰痛にいい影響を与えているのではないだろうか。

健康寿命と老いについて

年寄り笑うな、あしたの自分

「子供叱るな　きのうの自分
年寄り笑うな　あしたの自分」

よくきく文句だが、最近この言葉がいやに身にしみて感じられるようになってきた。何年か前から左脚が痛くて、不自由で仕方がない。昔なら大嬉び(おおよろこ)で駆け上っていた階段が、このところすこぶる苦手である。電車の乗り換えのときなども、ついエスカレーターを探してしまう。万事につけ動作が緩慢になってきて、われとわが身の老化にため息をつくことが多い。

以前、高齢者は車の運転を控えよう、と提言して、あちこちから叱られたことがあった。

たしかに過疎の地域に住んでおられる方々には、クルマは生活の必要品だ。コンビニにいくにしても、診療所へ通うにも、車を運転するしかないケースは少くないだろう。

先日、老人用のカートにつかまって、ようやく歩いているお年寄りが、軽自動車のところまでいって、やっこらしょ、と運転席に体を押しこみ、やおら発進する現場を見た。

たぶん80代後半か、ひょっとすると90を超えていらしたかとも思う。

私の知人にも、80代後半でハンドルを握って運転を続けている人が何人もいる。

先日は、家族をのせて神戸までいってきた、と聞いて、びっくりした。

しかし、いかに必要性があるとはいえ、やはり高齢者の車の運転は危険である。

私は年のわりには運動能力は保たれていると自認していたが、客観的にみると、いろんな面でフィジカルがおそろしく低下している。反射神経、平衡感覚、視力、手足の運動能力、その他もろもろの能力がいちじるしくダウンしていることを認めざるをえない。

最近、にわかに自動運転システムがクローズアップされているが、このシステムも高齢ドライバー時代に対する一つの解決策として注目されているにちがいない。

しかし一般ドライバーにしてみると、免許とりたての若い人も、後期高齢者も、一緒になって走っている交通体系というものは、すこぶる不安であるにちがいない。

初心者マークにしても、高齢運転者マークにしても、あれではほとんど視認不可能である。なにか周囲の車が、いたわりつつ走行できるようなシステムを考える必要があるのではないだろうか。コンビニに突っこむ事故のニュースを見るたびに、ついドライバーの年齢に注目してしまうのも、理由のないことではない。

元気で長生き、が叶う人は少い

以前、みうらじゅんさんと対談をしたことがある。その席で、「最近、自分の老化の進み方にショックを受けることがある」と言ったら、すかさず、

「オイル・ショックですね」

と切り返されて、思わず笑ったことがあった。

「老いるショック」とは、言いえて妙である。

最近、「オイドル」などという言葉も見かけるようになった。高齢にもかかわらず若い人にも人気のある芸能人も、たしかにいるものだ。「老いドル」とは、今の時代を反映した造語かもしれない。

しかし、クロマニヨン人の平均寿命は、18歳だった、とかいう説もある。人がこれほど長く生きるようになったのは、つい先頃からのことではあるまいか。

古代インドの平均寿命は知らないけれども、釈尊、すなわちゴータマ・ブッダは、80歳まで生きたという。

インドの風土の苛烈さは、言語に絶する。私も前にデカン高原をエアコンなしのバスで走ったときは、死ぬかと思った。衛生状態も、疫病対策も、おそろしくきびしい。

そんななかで、80歳まで生きたのがブッダである。そのことだけでも超人的だ。

人びとの尊崇を集めたのも当然だろう。

法然(ほうねん)80歳。

親鸞(しんらん)90歳。

蓮如(れんにょ)85歳。

念仏系の宗教家は一般に長命であるといわれる。

こんなふうに宗教家が長生きする現象を、故・井上ひさしさんは、

「ずるい」

と、書いていた。

しかし、目下の長命社会の現象は、必ずしも今後、永久に続くとは思えない。団塊の世代が津波のように通過していった後は、嵐の後の静けさというか、ある空白の時期が訪れるのではあるまいか。

元気で長生き、などと言う。それはすべての高齢者の夢である。しかし、夢が叶う人は少い。人は老いる。そして必ず死ぬ。

超高齢化の未来は、3つしかない。ひとつは「寝たきり」の介護状態。もうひとつは、認知症。3番目がピンピンコロリの突然死だ。

元気で長生きした人も、必ず死ぬ。元気に暮らしている老人は、突然死する機

会が多い。その3つの内のどれを選ぶか。そう考えると、必ずしも長寿は幸せではないと思われてくるだろう。

団塊800万人の健康と老いへの不安

少子化問題にしても、高齢者問題にしても、人口問題や経済問題にしても、要するに「団塊の世代」の問題である。それがすべてであると言ってもいい。

戦後、海外から復員軍人、在外邦人（引揚者）がいっせいに帰国してきた。復員軍人というのは、大半が独身生活を強いられてきた青壮年だ。日露戦争のときの旅順のステッセル将軍は夫人同伴だったが、それは外国の軍隊の話で、わが国では乃木、東郷といえども単身で従軍している。そんな年配の高級軍人は、この際、関係がない。徴兵された若者や壮年世代は、いやでも独身従軍を強制されたのである。それが軍隊というものだ。

故国では妻や若い娘たちが、モンペ姿で夫や未来の恋人を待っていた。敗戦と同時に、旧軍人がドッと祖国へ復員する。長い間の禁欲生活を終えて、日夜、愛の営みが開幕する。１９４６年から１９４８年にかけて、この国の精子と卵子は、民主主義、自由恋愛、男女同権の舞台の上で乱舞した。ヤッてヤッて、やりまくったのだ。

そして十月十日（とつきとおか）、１９４７年あたりから敗戦っ子が津波のように誕生した。この47年から49年までの３年間の出生数は、未曽有の巨大な数となった。８００万人を超える大団塊が出現したのである。

この巨大な軍団が嵐のように通過する際に、高度成長、学生・労働運動の高揚、バブル時代が起こる。団塊の世代が結婚すると、住宅や不動産が売れる。家具も、電化製品も、そして空前のマイカー・ブームも発生した。団塊ジュニアも続々と誕生し、消費はさらに活性化する。

さて、この巨大ハリケーンのような団塊の世代のあとに続く人口はあるのか。

団塊ジュニアの後には少子化の地平線が見えるだけだ。

その蟻（あり）の集団のような８００万が、この国の現実と未来を左右する。団塊世代がいま、65歳をこえて、さらに後期高齢者への道を黙々とたどり続けているわけだ。


そして、その行先はどうなるのか。その不安が、いま「下流老人」とか「老後崩壊」とかいう流行語となって人びとの不安をかきたてているのだ。下流でもなんとか自分で生きていられる内はいい。ゆきつくところは、寝たきりの介護生活か、認知症か、突然死か、いずれかを覚悟しなければならない。その８００万人の不安が影のように現在のこの国をおおっている。それに気づかないふりをして、テレビを見て笑って暮らしているだけなのだ。

団塊の世代という一大グループが通過することで、この国の経済も政治も大きな影響を受ける。

しかし、さらにその先はどうか。

団塊の世代８００万が後期高齢者になったあと、５年か10年して、これまでになかった現象が起こるだろう。

それは、いわば未曽有の大量死時代である。高齢者層は必ず退場する。つまり死を迎えるわけだ。永遠の生命などというものはない。

「すると、どうなります？」

「きまってるじゃないか。全員退場ということだ」

「退場とは？」

「寝たきりか、認知症か、突然死か、この３つ以外に未来はあるかね」

「うーむ。それではあまりにも淋(さび)しすぎるんじゃないですか。なにかほかに

――」

「あったら教えてもらいたいもんだ」

「寝たきり」というのは昔の話らしい。今では「寝かせきり」というらしい。植物状態となっても生き続ける人はいる。認知症の患者も、やがては死ぬ。

「すると、これまでにない大量死の時代がくると――」

「そう。800万人の一斉退場だから、さぞかし壮観だろう」

人口減少とはそういうことである。目に見えないところで少しずつ人口が減っていくわけではない。

嵐のように登場した一大グループが、また嵐のように通過していく。その様子は、さぞかし異様な風景だろう。

かつての高齢者は、希少価値があった。多くの子供や孫たちに囲まれて、ぼんやり日を過ごしていればよかったのだ。コタツの中でかつての若き日々を、うつらうつらと回想する楽しみがあった。

この先、私たちが迎えるのは、そんな世界ではない。若者も、子供も少く、どちらを向いてもジジ、ババばかりの世の中である。

数が多いのは、ひとつの力である。団塊の世代も、それなりのパワーがあった。しかし、すでに生産年齢を過ぎた大集団は、社会にとってお荷物でしかない。

核家族化、などというのんきな時代は過ぎたのだ。いまや核分裂時代が目の前までやってきている。はじき出される高齢者の大群は、その時代をどう乗り切ることができるだろうか。

人生100年、後半生をどう生きるか

最近、「人生100年時代」という言葉をしきりに耳にするようになった。

これは大変なことである。

「人生50年」

と、昔から言いならわしてきた世代である私にとっては、「人生１００年時代」とは大きなショックでさえあった。

人生１００年。考えただけでも気が遠くなりそうだ。かつて人生50年という言葉は、人が50年生きるという表現ではなかった。当時の人びとの願望だったのである。せめて50まで生きられたらなあ、という願いだった。

しかし、今や50年は、人生の道半ばにすぎない。まだ社会的には、バリバリの現役世代である。60歳停年から、65歳までは職場に残り、人によってはさらに延長して70歳まで働く。たとえ収入が半減したとしても、現役であるという満足感と自尊心は満たされるだろう。そして75歳まで働いたとして、その後は？

問題は、さらにその後の25年である。

25年といえば、かつての人生50年時代の半分である。75歳から100歳までの25年は、昔の人の半生にひとしい。

いま私たちは、すべての世代をこえて、ある分厚い不安を抱えて生きている。現在そのものが不安にみちみちているのだ。東芝のような一流ブランド企業で働いていたとしても、明日のことはわからない時代なのだ。

大災害の不安もある。首都直下地震も心配だ。いつがんを発症するかもしれない。ハイパーインフレで食えなくなったらどうするか。預金封鎖やデノミネーションは、あるのだろうか。それにテロや戦争の予感。

こうして私たちは後半の50年を不安のなかに過ごさなければならない。

そのほかにも、下流老人や漂流老人、家族や社会的地位の崩壊、などなど、不安のタネは無数にある。

自殺者の数が減っているという。当然のことだろう。人口の絶対数が減れば、自殺者の数が少くなるのは当り前だ。若い世代の自殺が減少しつつあるというのは、少子化のせいではないか。若い人が少くなってきたのだ。自殺者の数が減るのは当然だろう。将来はこの国の人口が7000万人あたりまで減少するという予測もある。1億数千万人の人口が7000万人に減れば、自殺の数も激減するにちがいない。

そんな中で、後半の50年を生きる人びとは大変だ。バラ色の未来などない。いまの世で確実なことは、人は老いる、そして必ず死ぬという2点しかない。さて、どうするか。そこが問題なのだ。

老いと死を自覚するということ

未曽有の高齢社会がやってくるという。統計の数字を参考にするまでもない。

数百万の団塊の世代が、いっせいに高齢化するのだから壮観だ。

子供や若い人は減っていく。老人が激増する。当然のことながら、この国の歴史になかった世相が、現実のものとなるのである。

「老い」と「死」が、これほど切実に感じられた時代は、かつてなかったにちがいない。

私自身、その一翼をになっているのだ。「老い」とは何か。「死」とどう向きあえばいいのか。客観的な統計より、自分の問題として考えなくてはならない時に直面しているのだ。

自分にとって「老い」とは、どういうものか、あらためて考えてみると、次から次へと問題が立ち現れてくる。

まずフィジカルの問題。

体力の衰えは65歳頃を境として顕著になってきた。もちろんそれ以前から、徐々に身体各部の変化は進行していた。しかし、60代前半くらいまでは、気力でそれをおぎなうことができたのだ。しかし、衰退は物理的に進行する。たとえば、目に見えて体重が減ってきた。中年の頃にくらべると5、6キロ軽くなっている。たぶん筋肉が痩せてきたのだろう。

体重だけではない。身長も2センチほどちぢんだようだ。すなわち全体的に小型軽量化が進行したのである。ふと気がつくと、Yシャツの襟がゆるくなっている。頸が細くなったにちがいない。靴も少し余裕がでてきたようだ。当然のことながら動作も緩慢になってきた。体のバネがゆるんできたような感じである。

視力、聴力のおとろえは、老化の常識で、そこは老眼鏡とかその他の器具でおぎなうしかないだろう。歯は比較的に丈夫なほうだが、もちろん自分の歯がそろっているわけではない。一年に一度ぐらいは歯医者さんのお世話になる。

反射神経とか、その辺は明らかに落ちている。モノを落としたり、つまずいたりすることも多くなった。奇妙なことに、爪がのびるのが妙にはやい。声がかすれるようになってきた。

寝つきが悪く、就寝中に再三、目が覚める。

排尿力が徐々におとろえてきて、小用の回数が増えてくる。切れも悪い。もちろんこれは、男性の老化の普遍的な現象で、自然な前立腺の肥大によるものと思われる。

こんなふうに身体の各部門がそれぞれ老化しつつあると自覚するのが、60代半ば頃ではあるまいか。老いはひそかにではなく、堂々と正面から迫ってくるのだ。

新しい死生論を求めて

最近、「老い」と「死」を考えることがブームの観を呈している。一般のジャーナリズムはもちろん、お固い評論誌や政治関係の雑誌でもテーマを「老い」と「死」に振り向けることが多くなった。

考えてみると、それは当然といえば当然かもしれない。社会主義や共産主義の思想が高齢化し、動脈硬化を起こしつつある現在、それに続く資本主義の老化も、だれの目にも明らかだからである。

資本主義の終末が声高に一般に語られるようになったのは、この数年のことだ。それはすでに、当然の帰結であるかのような雰囲気になってきた。

そういう時代に、これまでの「生き方」「老い方」「死に方」の常識が通用しなくなるのは当然だろう。

いま私たちが直面しているのは、古典的な「老い」と「死」の哲学ではない。キケロを引き合いに出して「老い」を語られても、ほとんどピンとこないのだ。

私たちは今、新しい「老い」と「死」の考え方を求めている。これまでの古典的な死生論ではない、未知の新しい思想を模索しているのである。

この列島の人口が半減する未来は、空想ではない。先進国の人口が激減し、開発途上国の国民が地上の大勢を占める日もそれほど遠くはないのである。

格差社会というのは、単に国家内の経済の問題ではないだろう。近代史のなかで優越した立場にあったグループが、未来においてもその優越を確保しようとすれば、そこに新たな格差が生まれる。すなわち先進諸国と、圧倒的多数の途上国の対立である。さらにその中で高齢社会と年少社会の対立が生まれるとしたら、現代史はさらに複雑化を進めていくだろう。「老い」るのは、社会や国家もそうだ。制度も死を迎える時が必ずくるのだから。

健康寿命にとらわれすぎない

元気で、いつまでも若々しく、というのが老人の理想像のように語られてきて久しい。テレビの番組なども、80歳を過ぎてポルシェを運転する老人や、スポーツ大会に若者と共に参加する高齢者をよく取りあげる。

健康寿命という考えは、わからないでもないが、人間は老いる存在なのだ。経済的格差と同様、健康の格差もまた大きい。元気な老人たちの陰に、身体の不自由をかかえて永年苦しんで生きてきた人びとの数が、どれほど多いことか。

私自身、テレビや新聞の通販のクスリの広告を見て、ひとつ購入してみようかな、と思うことがしばしばある。病院難民とか、ドクター・ショッピングとかいうのは、現実の問題としてどこにでも存在するのである。

かつての「人生50年」をこえて、いま私たちはその2倍ちかい年月を生きるようになった。100歳以上の長寿者がめずらしくない時代がやってきたのだ。私自身は両親を早く失ったが、友人、知人には90歳をすぎた両親を抱えて、苦闘している仲間が数多くいる。

もし仮りに政治や経済が奇蹟的にうまくいって、年金の額や受給年齢が確保されたとしても、圧倒的多数の高齢者を支える力が、少子化の未来にあるのだろうか。

その話になると、自然に話は経済格差の問題に触れざるをえない。1パーセントの超富裕層の存在と、下流の拡大の現状である。国家権力によってそれを調整することについては反対する人びとが多い。それも当然だ。そのような政策を立案し、実行に移す過程で、対象となる富裕層には情報はダダもれとなるのが当然だからである。

敗戦後、財産税や預金封鎖、新円切り替えなど、強烈な政策が断行された。占領時代だったからこそやれた策である。しかし、それによって没落した層がある一方で、新しい財閥が生まれるきっかけともなったことを私たちは知っている。

格差は、経済と健康だけではない。もっとも大きいのは、情報の格差だろう。

思い返せば、外地で敗戦を迎えた私たちが、その後たどった困難と悲劇は、情報をもたぬ庶民の悲劇だったと言っていい。旧満州からも北朝鮮からも、敗戦後の混乱を予測して、いちはやく内地へ帰国していたのは、一部の情報をもった特権グループだった。あらためていま、個人の老いと、国家の老いと、世界の老いが同時にやってくる明日に、ため息をつかざるをえないのだ。

脚が不自由になってから、周囲の人びとの様子がしきりに気になるようになってきた。

あらためて街を行く人を眺めていると、脚の不自由な人がやたらに多いことに気づく。杖をついている人もいる。ゆっくりゆっくり歩いている人もいる。横断歩道を必死で渡ろうとしている人もいる。階段を一段ずつ時間をかけて上っている人もいる。

こんなに沢山の人が歩行の困難を感じているのか、と、あらためて驚いた。

また俗に腰痛は国民病だという。およそ1200万人あまりが、なんらかの腰部の不具合いを自覚しているらしい。

老いとは、決して美しいものではない。それは一種の障害であり、辛いものなのだ。慢性的な痛みを抱えながら生きることは苦しい。

仏教は人生を苦として考え、そこからの解放をめざす教えであるという。人生の苦について精神的なものだけを考えると、不安、怖れ、愛憎、その他さまざまなものが考えられるが、フィジカルな苦のほうがはるかに問題なのではあるまいか。

宗教は始原のころより、医療と密接に結びついていた。イエスが盲(めし)いた人や、足なえた人びとを助けたことは、さまざまに伝えられている。苦とは、内面のものであるより先に、肉体的な苦痛としてあらわれるものなのだ。

苦を救うという意味では、医療は本質的に宗教的行為である。中世においては、科学そのものが宗教的思索であった。神の創りたもうたこの世界の神秘をときあかすことが、科学の目的だったからである。

痛みからの解放、それこそが宗教と科学の根本だろう。片方が形而上学と化し、もう一方が技術に偏するようになったのが近代である。いわば神からの自由が現代をつくりだしたのだ。

私たちは今、老いをどう受けとめ、それとどう折り合うかが問われている。老いの行先きは、死である。秘儀的にそれを語るのではなく、明るく冷静に老いと死を論じなければならないと、あらためて思う。

本書は「日刊ゲンダイ」他で発表した原稿より構成した。

著者略歴

五木寛之
いつきひろゆき

一九三二年福岡県生まれ。生後まもなく朝鮮にわたり四七年引き揚げ。五二年早稲田大学露文科入学。五七年中退後、PR誌編集者、作詞家、ルポライターなどを経て、六六年「さらばモスクワ愚連隊」で小説現代新人賞、六七年「蒼ざめた馬を見よ」で直木賞、七六年『青春の門 筑豊篇』ほかで吉川英治文学賞を受賞。『蓮如』『大河の一滴』『林住期』など著書多数。英文版『TARIKI』は二〇〇一年度「BOOK OF THE YEAR」(スピリチュアル部門)に選ばれた。〇二年に菊池寛賞を受賞。『親鸞』(一〇年刊)で毎日出版文化賞を受賞。近著に『孤独のすすめ』『デラシネの時代』などがある。

幻冬舎新書 479

健康という病

二〇一七年十二月二十五日　第一刷発行

著者　五木寛之
発行人　見城　徹
編集人　志儀保博
発行所　株式会社　幻冬舎
〒一五一-〇〇五一　東京都渋谷区千駄ヶ谷四-九-七
電話　〇三-五四一一-六二一一（編集）
〇三-五四一一-六二二二（営業）
振替　〇〇一二〇-八-七六七六四三
ブックデザイン　鈴木成一デザイン室
印刷・製本所　中央精版印刷株式会社

GENTOSHA

Printed in Japan　ISBN978-4-344-98480-6 C0295
い-5-5

幻冬舎ホームページアドレス http://www.gentosha.co.jp/
＊この本に関するご意見・ご感想をメールでお寄せいただく場合は、comment@gentosha.co.jp まで。